# 最愛是詩

五十則擁抱生命的詩句，喚回人生的美好記憶

琹涵

# 目次

## 卷二——雲水悠然　唐代

卷三——柳暗花明　宋代

卷四——**流光夢影**　元明清

寫在前面

# 誰能不愛詩？

感謝中華文化是一條莽莽蒼蒼壯闊無邊的大河，從遠古到現在，曾經經歷過一個又一個朝代，都各自留下了豐碩的文學遺產，滋養也撫慰了無數人們的心靈。

詩，是其中最動人的瑰寶。

詩有多麼的迷人，優美、雋永，而且深刻，相信接觸過詩的人，沒有不愛詩的。

## 為什麼這次的《最愛是詩》，不限唐詩，而且只選佳句？

之前的《最美是詞》，一樣是不限宋詞，也只選佳句。

其實，這兩本書是姊妹作。

早年的詩來自民間歌謠的傳唱，經由後人採集而成，《詩經》是我們最古老的詩篇，其間有很多對庶民生活直白的描摹。《古詩十九首》裡對時光的流逝和人生無常，有著無限的感傷，樸實而深婉，喜歡的人也很多。最為輝煌的，當然是唐詩，有在上位者的提倡，名家輩出，人人爭誦，詩作因此廣為流傳，那真的是屬於詩的盛世，萬紫千紅，也難以形容那繁美的盛況。往後，每個朝代都有詩，只是規模和詩作的質量都難以跨越唐朝了。

然而，在這許多詩裡，仍有讓人深深喜愛的佳句，因此我們特別把它挑選出來，讓它和生活結合起來，或許是個故事，也或許是一段心情。

我喜歡詩，因為它的寬闊和深情。一般來說，雖然也有長詩，但更多的是小詩，尤其是五言或七言的絕句和律詩，字數都很精簡，卻格外的深刻動人。只選詩的名句，那字數就更少了，或一句或兩句，都曾經是膾炙人口、歷代流傳的佳句，也都曾經是一首詩中的亮點。我很好奇，如果讓它們在現代生活中出現，將擦出怎樣燦爛的火花呢？

也會是畫龍點睛吧？我衷心希望是。

## 為什麼現代的人更適合來讀詩名句？

現代的人生活緊張，追趕跑跳，無有寧日，更適合來讀詩名句。也由於現代的人生活的步調太快了，壓力更是沉重，衍生出種種身心的問題，症狀明顯，卻經常查不出病因。其實是緊繃的情緒需要紓解，繁重的壓力冀求釋放，我以為讀讀詩詞最好，如此的優美、深邃，內容更是兼容並蓄，直接扣響了我們的心弦，澆心中的塊壘，多麼好！

言為心聲。詩人的詩作也一樣真誠的表達了他們內在的思維。許多生命的遭遇，我們都可以在作品中尋出端倪，也成了我們人生路上艱難跋涉時的借鏡和最大的鼓舞。

在漫長的人生旅程中，一帆風順只是祝福，卻從來無法成真。我們也必然會遭逢困境和不幸，也會有哀哀無告、心生徬徨的時刻；然而，比起那許多詩人的身經動亂，輾轉流離，事業不順，迭遭困頓，相形之下，我們的小小困蹇，也的確算不了什麼。然而，他們留下的宛如珠玉的詩篇卻給了我們內心永恆的安慰。

那些優美動人的詩篇，亙古閃爍在文學的夜空，令我們仰望和由衷的喜愛與嘆服。

我從來都相信：美，會是最好的療癒。

你願不願意試試看，也來讀詩呢？

## 何以想要寫這樣一本書？

歷代以來，詩的數量非常多，好詩更是不計其數。我想，我其實還是以生活散文為主，搭配詩名句，讓它成為全文的焦點，也更能理解它所揭示的意境或心境，也讓這本書有其趣味和意義。

我想，這和我出身中文系有關，和我是個國文老師的心願，或許也會有某種思維的關聯與想望。在我，也只是拋磚引玉，希望有更多的有識之士能熱情參與，共同做類似引薦的工作，一起來發揚中華文化的博大精深。

這次，打破了只收唐詩的局限，而能及於其他年代的詩作，是讓詩的範圍更廣。只收詩名句，是著眼於那是我們所輕易上口的，都曾經在有意無意間進入我們的心扉，我相信必有其獨到之處或深入人心的緣由。如今讓它出現在現代生活散文之中，它們並未有扞格處，而是相融一體，且能如此優美和諧，更能看出知名詩句的字字珠璣，歷千古仍能永流傳的道理。

那是中華文化的珍珠，也應該是所有中華兒女的驕傲。不是嗎？

## 您個人的讀詩經驗如何？

我個人的資質尋常，讀詩也從來循序漸進，由淺入深，這的確是適合我的方式。然而，每個人的稟賦不同，習性相異。如何選擇詩來讀呢？我以為，就隨著年齡，隨著興趣來選讀吧。

詩，曾經是我童年時琅琅上口的「兒歌」和「童謠」，因為有音韻之美，要記誦也並不困難，若說理解，恐怕是另外一回事了。我想，那時候的我，對某些詩句，如「滄海月明珠有淚，藍田日暖玉生煙。」如「還君明珠雙淚垂，恨不相逢未嫁時。」如「春蠶到死絲方盡，蠟炬成灰淚始乾。」……此刻想來，以我當時的年紀，天真無邪，想必是不明所以的。其實，懂與不懂，並沒有什麼太大的關係，卻已經在無意之間埋下了對美傾慕的種子。長大以後，歷經了離合悲歡，遲早都會明白這些詩句的精采，是如何的扣人心弦，午夜夢迴，思之而不能忘。

所以，在不同年紀會喜歡不同的詩，該是理所當然的，卻也不宜過度嚴格的限制。畢竟，人有個別差異。有些人早慧，那麼，就請隨著機緣，隨著興趣走吧。閱讀的主題，本來就可以隨人自由選，不同的路，也都會各自通向璀璨的前程，豐富了每個人的人生。

喜歡閱讀詩詞的你，請接受我真摯的祝福。

## 您有特別喜歡的詩人嗎？

每個人都會有特別喜歡的詩人吧。

我會喜歡誰呢？

那可多了，從《詩經》以來，洋洋灑灑，真的也無法數得清了。無須局限，文學的大花園裡，萬紫千紅，美不勝收，又哪裡限定是哪一朵呢？

我想，只要是曾經引發我共鳴的詩，都令我難忘，因為它說中了我幽微的心事，曾經是我心靈上的知己。

的確，我喜歡陶淵明的曠達自適，然而，我又何嘗不著迷於李杜、王孟、蘇黃……？

真心感謝歷代詩人們的努力，給了文壇永恆的春天，也給了讀者無盡的寶藏，陪伴著我們度過了生命中的艱困險阻，詩句的美，撫慰了我們疲憊的身心，也啟發了我們堅持前行的勇氣，終於否極泰來，漸入佳境。

「行到水窮處，坐看雲起時。」我們不也有過類似的經驗和無言的感激。

## 有所謂讀詩的入門書嗎？對剛開始想要讀詩的朋友，您有什麼建議嗎？

選集，可以是讀詩的入門書。清代蘅塘退士編選的《唐詩三百首》是公認為極佳的選本，如今這類選集多樣而且豐富，可以聽憑己意選來試讀。

隔一段時日以後，找出自己喜歡的詩人，續讀單一詩人的專著，最好是跟詩人的生平傳記一起讀，更能深入的了解時代背景和詩人心境的轉折，對某一首詩的呈現也更加心領神會。

再讀和詩人齊名的其他詩人的詩……

這是我個人的閱讀方式，也只是野人獻曝，謹供參考。

如果還想更精進的學習，也有人去旁聽或選修有興趣的詩詞的課，或聆聽相關的演講，或找一群志同道合的朋友一起研讀，分享各自的心得……這樣的集思廣益，也是可行的方法。現代的人不必獨學而無友，可以上網四處搜尋，有以詩傳唱的歌，還有各種版本，豐富而且多樣，學習起來，更是處處有趣了。

有許多先進的科技工具可以輔佐，現代的人讀詩多麼幸運。

## 讀詩對您有什麼影響呢，在創作上或在人生上？

很多人都說我行文優美，我以為，那樣的稱揚是對我的鼓勵，希望我能精益求精。至於，我個人，並不覺得有什麼過人之處。

或許是由於長期的閱讀詩詞，加以幾十年來的寫作訓練，成就了今日的菉涵。前者令我潛移默化，相信也受到了很多的薰陶，總讓我心生感激。後者則增進了我的文字功力。寫作是需要錘鍊的，想一想，只要功夫深，鐵杵還可以磨成繡花針呢。多年來努力筆耕和文字的嚴格訓練，或許也讓我交出了些許的成績。

然而，詩對我最深的影響未必在寫作，而是在人格的陶冶和提升，是那一點悲憫之心化而為對天下蒼生的大愛。我深知個人力量的微渺，卻總是奮不顧身的想要大聲疾呼「和詩同在，與愛同行」。

我也知道，我必須寬闊豁達，成為更好的人，我才有能力做更多有意義的事。

喜歡讀詩，而詩教導我的，又何止這些？

特別要謝謝責編晶惠，為我的書花費了許多心思和力氣。如果，我在九歌的書能得到讀者的好評，那是來自晶惠的處處用心，無論設計編排、字體大小，她都投注了極大的熱情和鍥而不捨的精神。

在成書的過程裡，沒有想到我的眼睛終於因為長期的過度使用而惡化，幾至難以收拾，手術後還需靜養，我曾經非常擔心會影響此書的製作進度，幸好一切圓滿。我想是由於我遇到了好醫師林惠真，我的感激無可言喻。

當您翻開《最愛是詩：五十則擁抱生命的詩句，喚回人生的美好記憶》，其中也有我對您的感謝。

好詩，從來都雋永有味，也帶給了我們寧靜美好的心情。誰能不愛詩？

# 卷一——天地過客

漢～魏晉南北朝

人生在天地之間，
就像那來去匆匆的遠行過客一般。
如此短暫無常，匆匆的來也匆匆的去，
還有多少時光可供我們停留揮霍呢？

# 日日大好

在我的作家朋友裡，周芬伶一直是我們所推崇的，才情如此豐美，寫來既深刻又優美，千年難得一遇。

那時候，她在東海，我在白河，我們曾經寫過好長一段時間的書信，甚至還一起出版了《百合雲梯》的書信文集。

一九八九年她獲中山文藝獎，一九九〇年是我，她在一九九〇年十一月二十六日的信上說：「很為妳高興，得獎還可以作伴，這也是一種光榮與快樂。我一直很佩服妳的寫作毅力和人格修養。」她還很有感觸的說：「現在我的格言是：做事學涵碧，做人學琹涵，作文得學琦君，活到老，寫到老……」

涵碧和琦君都是我們認識的人。

芬伶也的確是努力的，這些年來，寫作的成績優異，有目共睹。

我沒有想到她還曾經以毛筆給了我一封信，上書「新年大好」四個大字，戲稱是「骨董信」，以替代新年賀卡。還說自己「心意至誠，表現不佳」，那是二〇〇四年的十二月二十二日，那封信頗有情味，書法不差。回想起上一個冬天，她在美國遭逢大雪，天寒地凍，而寫信的此刻臺灣冬季則是暖烘烘的，讓人也變得懶洋洋了。話鋒一轉，她說：「如果神仙也有懶的，真想作懶神仙。當然你是那最勤快的神仙。」

我跟芬伶也多年不見了，不知她近況可好？惦念深深。

想起漢．佚名〈青青陵上柏．古詩十九首其三〉中所寫的：

**人生天地間，忽如遠行客。**

人生在天地之間，就像那來去匆匆的遠行過客一般。

如此短暫無常，匆匆的來也匆匆的去，還有多少時光可供我們停留揮霍呢？所以珍惜歲月是必須，力求上進也是必須。

我總是這樣的勉勵自己。不敢有絲毫的懈怠。

有一天，我突然很想念芬伶，怎麼辦呢？

最好是讀她的書，如晤故人。可是，我有一點為難，因為房子剛整修完才搬回來居住，所有的衣物全都打包，很多尚未拆封歸位。我可不記得芬伶的書是放在哪一個箱子裡？於是，心念一轉，我急急奔往圖書館，借出了她的《豔遇才子書》，其實以前讀過，我想再讀一遍其中的詩詞。

芬伶好文采，連語譯、延伸的故事都好看極了，這般深刻，而又這麼靈活，且有濃郁的詩的質素，真是令人驚歎。一個下午，我就穿梭在她的文字花園裡，目不暇給，簡直無法形容，到底是怎樣的繽紛美麗啊！

有一點像我的慢讀系列，可是此書成於二〇〇三年十一月，又比我的書早了許多。那麼早，就有了這樣的點子，也稱得上很有創意了。

她的文字太好，自由出入，彷若無人之境，唉，我真心覺得，她的名字應該叫「文學」。

希望她每天都大好，不只在新年。

**後記：**

芬伶在臉書上說：

琹涵是個隱君子，我們如水般的友情，就是淡淡的，雋永的，讀她昨日寄來四年前發表的短文，竟沒讀過，許多說過的話我已忘記，悠悠如夢，原來我們已度過神仙般的三十年，而她對我過譽了。

【原詩】

漢．佚名〈青青陵上柏．古詩十九首其三〉：

青青陵上柏，磊磊澗中石。人生天地間，忽如遠行客。
斗酒相娛樂，聊厚不為薄。驅車策駑馬，遊戲宛與洛。
洛中何鬱鬱？冠帶自相索。長衢羅夾巷，王侯多第宅。
兩宮遙相望，雙闕百餘尺。極宴娛心意，戚戚何所迫？

陵墓上青翠的柏樹，溪流裡成堆的石頭亙古不變。相形之下，人生在天地之間，就像那來去匆匆的遠行過客一般。區區斗酒足以娛樂心意，姑且把它當作豐厚的筵席。驅趕著劣馬駕起破車，照樣在宛洛之間遊戲著。洛陽城裡是多麼的熱鬧，達官貴人彼此相互探訪。四通八達的大路邊羅列著小巷子，巷中隨處可見王侯貴族的宅第。南北兩個宮殿遙遙相望，兩宮宮門外的望樓高達百餘尺。達官貴人們盡情享受窮極奢華的宴會，卻又為何憂愁滿面擔心著自己的前途？

## 【詩家】

作者不可考。不是一個人的作品，也不是一個時期的作品。

古詩十九首題材內容包括羈旅行役、羈旅愁懷、遊子懷鄉、居人念遠；鄉愁閨怨、閨人怨別、離別相思；自傷所遇、宦途失意、遊宦無成；抒寫友情，慨嘆人生短促，亦有追求享樂名位和服藥求仙。詩歌思想感情複雜，共同特徵是對人生無常和歲月易逝，表現出無限感傷。

有民歌「感於哀樂，緣事而發」的特質，又有文人的錘鍊，是漢樂府光輝的總結，對後世詩歌的發展有深遠的影響。

是中國古代最早的一些五言古詩，語言質樸直率，意境深婉，是五言詩中的極品。鍾嶸《詩品》中說：「文溫以麗，意悲而遠，驚心動魄，可謂一字千金。」劉勰《文心雕龍》中說：「觀其結體散文，直而不野，婉轉附物，怊悵切情，實五言之冠冕也。」明代胡應麟《詩藪》中則說：「興象玲瓏，意致深婉，真可以泣鬼神，動天地。」

近代學者方東樹在《昭昧詹言》中說，「十九首須識其『天衣無縫』處」。張中行認為，古詩十九首「寫一般人的境遇以及各種感受，用平鋪直敘之筆，情深而不誇飾，但能於靜中見動，淡中見濃，家常中見永恆」。

# 坦然

行年越長，我慢慢的學會了坦然面對。

我明白：坦然裡，自有一分從容。

其實，能有這樣的了悟，或多或少，也是一種長進。

年少時，由於經歷太少，我受不得冤屈，經常痛哭流淚，恨無天理，更怨上天不公，為什麼公平正義總是喚不回？長大以後稍好一些，然而，有時候心中抑鬱，無處可以紓解時，我仍然是哀傷的。

想起漢．佚名的〈生年不滿百．古詩十九首其十五〉：

**生年不滿百，常懷千歲憂。**

人生只有短短的幾十載歲月，卻常常懷著千年的愁憂。

或許，很多人也都是這樣的吧？

進入職場以後，發生的事更多。

有一年，我參加了一個研習會，教授派給了我們作業，要做分組報告。大家亂成了一團。後來總算分好了，各有組員。第二天早上，我才一踏入教室，立刻被另一個學員疾言厲色的破口大罵，這到底是怎麼一回事啊？我簡直如墮五里霧中，完全摸不著頭緒。後來才知道根本是對方弄錯了，完全與我無關。事後，她前來道歉。

唉，不分青紅皂白就罵人，「火燒功德林」，一個無法控制自己脾氣的人，還能對她有什麼更高的期待嗎？

沒有人必須承受那樣的壞脾氣，縱使事後道歉，已然令人受傷，再怎麼表示歉意，都已經太晚了。壞脾氣，也顯示了自身的修養不夠，年少時候，或許手足願意相讓，父母疼惜，不覺得那是多大的缺點。進入職場以後，縱有才幹，然而由於壞脾氣的難以與人共處，恐怕也很少有人願意一再的委屈包容，於是不免成為孤鳥，沒有好友伴、好同事，生活只是一場孤單與寂寞，而且這樣的火爆性子，如果延伸到婚姻與家庭，恐怕也難有圓滿的可能。

我也是在很久以後，明白了人的有限。我的個性好，是拜基因的賜予，因為父母的脾氣都好；可是，並不是人人都能有這樣的幸運，於是我願意以諒解、悲憫的心，不再計較自己的委屈。如果錯在對方而不是我，那麼，我又何必生氣呢？倘若我居然生氣了，難道不是拿對方的錯來懲罰自己嗎？

在這個世界上，人的脾氣有好有壞，其實是稀鬆平常的事，如果我老是耿耿於懷，不也顯得大驚小怪嗎？

願我能以安寧的心思，時時與人為善，也平靜的承領各種紅塵試煉。

我知道我不夠聰敏，有太多需要學習的地方。不管別人是以善意待我或者對我怒目相視，我都心懷感激。對前者的溫暖，我深深感恩，對後者的疾風勁雨，更是學習的功課，令我深自反省也心懷謝意。

當我坦然面對人生種種，我的胸懷寬闊，能理性平和，更加覺得從容自在的美好。

## 【原詩】

漢．佚名〈生年不滿百．古詩十九首其十五〉：

生年不滿百，常懷千歲憂。
晝短苦夜長，何不秉燭遊！
為樂當及時，何能待來茲？
愚者愛惜費，但為後世嗤。
仙人王子喬，難可與等期。

人生只有短短的數十載歲月，卻常常懷著千年的愁憂。及時行樂卻怨白晝短夜晚長，那為何不執火燭夜晚遊樂。韶光易逝太匆匆，行樂要即時，時不我予又怎可等到來年。愚笨的人錙銖必計吝嗇守財，去世兩手空空，被後人所嗤笑。世間哪有像王子喬駕鶴升天，難以期待那種日子的到來。

# 學習的契機

這一波金融海嘯，很多人都受到了波及。妳也算是受害者，因此丟了工作。我倒覺得這是一個很好的學習機會，尤其是對年輕的妳。

妳剛畢業不久，教了一年書，然後進了保險業，比較接近妳的所學。我和妳的母親相熟，年輕人剛進入新的行業，需要鼓勵，我因此拿了少少的錢也加入一個保險，為期六年。我雖然覺得有點兒長，但因為錢數不多，也就沒有放在心上。

投資理財，我一竅不通，主要還在於毫無興趣。

我關心的是，我需要錢的時候，有錢用就好了。所以，錢放在郵局或銀行，以方便不時所需。多年來，不起波瀾，讓人安心。或許有人認為這太笨了，通膨的問題啦，錢會變薄了，可是我想，至少本金都在。

妳的離職，其實是遇到的主管不好，世上不是人人都是好人，也並非人人都願意善待我們。學習如何與別人好好相處，人際關係重要，一個人緣很差的人是不可能快樂的。不過，妳這一年來，畢竟也學到了很多東西，還是應該心懷感恩的。

妳或許另外考金融機構，或者另換一家保險公司。年輕人不要灰心，只要我們肯學，處處都是學習的機會，最怕的是停下腳步，退入自己的象牙塔裡，不思振作，怨天尤人。

投資金融商品，或有失敗的可能。投資自己，則是最聰明的做法。

投資自己的健康，讓日子過得豐富而美麗。投資自己的才能，更有本事，也更能發揮所長。投資自己的品學，人品佳，相識的人樂於接近；學識好，他人心生敬佩，更容易建立豐沛的人際網，相信就能左右逢源……

年少時我們都曾讀過漢・佚名〈長歌行〉中的名句：

**少壯不努力，老大徒傷悲。**

如果青春年少時不發憤努力，等到年華老大時，只能徒然嘆息傷悲。

的確，人生的春天有多麼的可貴，應當珍惜青春時光。我們都要在年少時不斷的努力，千萬別等到年華老大時一事無成，那時傷悲已是徒然。

今日的勇於學習，都是來日最好的資產。

祝福妳，勇敢前行，走向更美好的未來。

## 【原詩】

漢樂府古辭．佚名〈長歌行〉：

青青園中葵，朝露待日晞。
陽春布德澤，萬物生光輝。
常恐秋節至，焜黃華葉衰。
百川東到海，何時復西歸。

少壯不努力，老大徒傷悲。

園子裡的向日葵青翠欲滴，等到日出時，顆顆朝露在陽光下消失。溫暖的太陽布施著恩澤，大地萬物因此展現了生機。經常擔心秋天轉眼來到，繽紛燦爛的花葉將跟著枯萎凋零。百川不斷的東流入海，什麼時候還能西回。如果青春年少時不發憤努力，等到年華老大時，只能徒然嘆息傷悲。

# 又見青草青

當東風輕拂，喚醒了大地。每一場春雨的落下，都滋潤了萬物。

春風已然吹拂，又見青草青，蔓延到天際。

你也會喜歡這樣的景色吧？

樹梢頭有了點點新綠，地上也冒出了青色的芽尖，想來，草在厚重的地層裡，曾經是怎樣的奮力不懈，才得以突破黑暗。此時，我更確定，春已來臨。

春來了，到處都充滿了盎然的生機，草綠花紅，枝頭上還有其他繽紛的花顏，巧笑倩兮，對著人們招手：尋春莫遲疑。因為花顏不能長好，彷彿才一轉眼，花兒已然飄零，只徒留憾恨在心中。

我喜歡東晉．陶淵明的〈時運四首其一〉：

## 山滌餘靄，宇曖微霄。

青山早已洗盡了餘下的雲靄，但見山朗天清纖雲飄飛。晴和的春晨，多麼宜於外出郊遊，此時大地一片清新，有佳景如畫，讓人心曠神怡，陶淵明的田園詩果然膾炙人口……

我更喜歡的是那大地上無垠的綠色身影。就在我們不留意的當兒，它們早已連綿不絕，直奔向天涯的遠處了。

詩裡說：「記得綠羅裙，處處憐芳草。」只因私心傾慕的情人曾經穿過一條綠裙子，別後，只要見到綠色的芳草，不免心生愛憐，更要思念起遠方的伊人了。詩人的感情這般豐沛，也難掩筆下的深情了。

有了青草的覆蓋，大地才不會一片荒涼。有青草的映襯，所以花朵的顏彩更見繽紛。更由於青草的匍匐在地，相形之下，高山雄偉、大樹挺拔……

這麼說，青草只是陪襯的角色？因為它微小，所以被忽略？

就像世間平凡的人，沒有赫赫事功，因此別人不會記得他，在史冊上，沒有名字，不見地位，注定是被遺忘的。

可是，這又有什麼關係呢？

平凡人自有他的快樂，儘管粗茶淡飯、安步當車，平淡裡也有雋永、恬靜的一面。生活的滋味，本來就是如人飲水，冷暖自知的。

沒有任何的委屈，謙虛是好，樸實也是好。

小草的一生，甘於平凡平淡。且看它立穩腳跟，每到春來，就努力裝點了大地，讓大地更加美麗。沒有炫奇，沒有花招，這樣的腳踏實地，不也可以成為我們學習的榜樣？

真的，人生裡如果也能樸實而謙遜，努力延伸自己的愛，會讓世界更為繽紛。這樣的一生，不也很有意義嗎？還有什麼遺憾呢？

不論海角天涯，在任何一個不起眼的角落裡，我們都可以尋覓到草的蹤跡，它們像綠色的尖兵，不畏縮，不逃避，勇往直前，活躍在大地的舞臺上。

## 【原詩】

東晉．陶淵明〈時運四首其一〉：

邁邁時運，穆穆良朝，襲我春服，薄言東郊。
山滌餘靄，宇曖微霄，有風自南，翼彼新苗。

四季不停的運行，春晨和煦而美好，我穿上了薄薄的春衫，獨自到東郊遊賞。青山早已洗盡了餘下的雲靄，但見山朗天清纖雲飄飛，有南風吹來，拂過了田間的新苗。

## 【詩家】

### 陶淵明（三六五～四二七）

名潛，或名淵明。一說晉代名淵明，字元亮，入劉宋後改名潛。自號五柳先生，私諡靖節先生（陶徵士誄）。潯陽柴桑（今在江西九江西南）人。晉代文學家。以清新自然的詩文著稱於世。他出身沒落的官宦家庭，父親陶逸任安成太守，早逝，母親是東晉名士孟嘉的女兒。陶淵明早年曾任江州祭酒、鎮軍參軍、建威參軍及彭澤縣令等職，後「不為五斗米折腰」，辭官回家，從晉安帝義熙二年（公元四〇六年）起隱居不仕。

流傳至今的作品有詩一百二十餘首，另有文、賦等十餘篇。田園生活是陶詩的重要題材，因此後來人們稱他「田園詩人」。鍾嶸《詩品》列陶詩為中品，稱陶淵明為「古今隱逸詩人之宗」，認為其詩「其源出於應璩」。《文選》收錄陶淵明的詩文十餘首，是作品被收錄較多的作者。陶淵明的田園隱逸詩，對唐宋詩人有很大的影響。杜甫詩云：「寬心應是酒，遣興莫過詩，此意陶潛解，吾生後汝期。」宋代詩人蘇東坡對陶淵明有很高的評價：「淵明詩初看似散緩，熟看有奇句……大率才高意遠，則所寓得其妙，造語精到之至，遂能如此。似大匠運斤，不見斧鑿之痕。」

# 知己

你是誰的知己？誰又是你的知己呢？

書上說：「天下有一人知己，可以不恨。」世上能得有一個知己，就可以沒有遺憾了。可見知己的珍貴與難得。

其實，不只是人，物也可以成為知己。呵呵，就怕玩物喪志，淪為物奴，那就不美了。

古往今來這樣的佳話很多。

陶淵明愛菊，在他的〈飲酒詩二十首其五〉有：

**採菊東籬下，悠然見南山。**

當歸回田園，遠離塵囂之後，閒居無事，在東邊的籬笆下採著菊花，無意間抬頭一見廬山，益發感覺悠閒自得。

詩句間有歸隱田園的真趣，這是他詠菊的知名詩句，膾炙人口，於是，他被公認是菊花的知己。

林和靖是北宋的詩人，隱居在杭州西湖的孤山，植梅養鶴，終身不娶，人稱「梅妻鶴子」，他就是梅花、仙鶴的知己；周敦頤是北宋的學者，寫〈愛蓮說〉，是傳世的名篇，他是蓮花的知己……

那麼，你呢？你的知己是誰呢？

羅素在《世界的新希望》一書中，有這樣的一段話：

「在我們這時代最令人痛心的一件事，就是那些覺得有信心的人都愚昧無知，而那些有想像和理解力的人都猶豫不決。」

說的是他自己所置身的時代，都隔了那麼久遠了，如今，我們所處的時代不也依然是這樣？

這才不得不佩服羅素見解的敏銳、獨到與深刻。

唉，有見識的人猶豫不決，有信心的又愚昧無知，整個社會亂象就由此而生了。

你看，名嘴禍國，說得天花亂墜，說得振振有詞，然而，背後卻別有所圖，難道他以為全世界都是傻子，聽憑他作弄嗎？

至於有見識，有能力的人卻沒有擔當，優柔寡斷，讓人嘆息。「雖千萬人，吾往矣」，的確是需要大勇氣的。

這是時代的不幸，也是我們的不幸。

看來，我們只好盡一己之力，努力做好份內的事，其餘的，又能怎樣呢？

紅塵紛紜，如果世上無一人是知己，那麼，我們能不能也成為自己的知己？

能自重自愛，安於獨處，認識自己、了解自己、進而超越自己，也是美事一樁。

每次當我看到有人走不過關卡，自殺自殘，徒令親痛仇快，我也總是悲傷不已。大好的生命竟然就這樣毫無意義的殞滅，然而，生者何辜？竟要承擔這般的痛苦，無有止時。

珍惜生命，我們才能再談其他。

那你呢？你會是自己的知己嗎？

【原詩】

東晉．陶淵明〈飲酒詩二十首其五〉：

結廬在人境，而無車馬喧。
問君何能爾？心遠地自偏。
採菊東籬下，悠然見南山。
山氣日夕佳，飛鳥相與還。
此中有真意，欲辨已忘言。

我寄身在這紅塵之間，卻沒有車來人往的喧囂擾攘。問你怎麼能得如此呢？原來，心境如果能夠遠離人事的煩雜，居處自然就偏僻寧靜了。我在東邊的籬旁採摘菊花，無意間抬頭一見廬山，益發感覺悠閒自得；黃昏的時候，一片雲霧繚繞，山色如此佳美，倦鳥成群結伴紛紛歸林。這樣的生活中，洋溢著真淳樸實的意境，我已經了然領悟，心裡還想辨明分說，卻一時不知該如何表達了。

# 持贈的心意

曾經送了金榮華老師我的書，讀研究所時，他曾教過我「比較文學」。

老師客氣的回了我一封信，信上說：「你的書耐看而好，不受時空的影響。好像一杯清茶，要以寧靜的心去品味，品味了則更享寧靜之趣……」謝謝老師的鼓勵，實在是多有美言。

又說：「生活中有許多事，原是『祇堪自怡悅，不堪持贈君』的，現在你能自怡悅，也能書贈讀者，確是生活品味和寫作修養的成功。」信寫於一九九〇年一月二十日，老師的字寫得端正整潔，看來是個一絲不苟的學者。

老師不知我想的卻是南朝．陸凱的〈贈范曄詩〉中的末兩句：

**江南無所有，聊贈一枝春。**

江南沒有別的東西，就暫且贈予一枝暖春。一枝梅花，哪值什麼錢呢？然而其中有著江南春天的暖意，於是，也就別有意義呢。

他上課時，作風很西潮，如果有疑問，隨時可以舉手發言，甚至可以打斷老師的教學，這在三十年前，如此的教學風格並不多見。我們覺得受到了尊重，上起課來，有春風拂面的溫柔和喜悅。

學生們都很喜歡他以及他的課。

我的個性害羞，跟師長一直保有距離。我的好朋友雲嬌，雖也靦腆，卻喜歡親近老師，態度溫和有禮，老師們也都善待她。她跟榮華老師比我更熟，當她的女兒也考上文化大學時，老師還曾幫忙照料呢。

畢業多年以後，我遇到了學弟蔡榮華，他跟我說：「有一次金榮華老師拿了一封信給我，並且表示歉意，因為他誤以為那是他的信而拆開了……」

他們的名字一樣，只是姓不同。

老師也真是客氣了。

偶爾，我也送老師我的書，老師總是鼓勵的多，讓人感動。

如果我的書是花，如今也有一大捧了呢。

花都是美麗的，可以讓我來謝天謝地，也謝今生的所遇。

持贈者的心意，你是不是都了然呢？讀者有可以自負之處，相信這會是雙贏的局面。

【原詩】

南朝．陸凱〈贈范曄詩〉：

折梅逢驛使，寄與隴頭人。

江南無所有，聊贈一枝春。

採摘梅花，正好遇到驛站的信使，於是捎上寄給隴山的征人。江南沒有別的東西，就暫且贈予一枝暖春。

## 【詩家】

### 陸凱

生卒年不詳，約五〇四年前後過世。字智君，史料記載他為人謹慎，穩重好學，曾任太子庶事，還有過給事黃門侍郎、正平太守等官職，有「良吏」之稱。

# 歲月履痕

當歲月如飛的逝去，在我們回顧的時刻，有什麼人和事是存留心底，難以抹滅的呢？

一個安靜的夜裡，我在燈下讀詩，讀到南朝．范雲〈別詩〉中的：

**昔去雪如花，今來花似雪。**

上次離去時，雪像落花一般的飄下。如今再次前來，花開得像遍地的白雪。別離讓人覺得哀傷，那是因為此地一為別，不知何日才得以相逢？重逢不易，自古皆然。也難怪別離的詩，如此之多，也如此之好。只是讀來常不免感傷。

相聚太短，離別太長，能不感嘆？每次分手後總要經過許久才能相見。難怪古人不愛別離，不喜旅行，因為別後變化多，甚至未必還有重逢的時刻。一旦別離竟成永別，哪裡能不讓人驚心？

如果，有人還不能領會這些，我以為，那是幸運，又有幾人能夠逃躲紅塵的離合悲歡呢？

我突然想起了妳的愛情故事，都這麼多年了，昔日已然分手的戀人，那樣的別離，卻幾乎再無相逢之日。

重相逢，隔著世俗的重重阻礙，或許相見還不如懷念吧。

想起那一年，應該是個和暖的春日午後吧，我們靠在國家圖書館的欄杆前聊天。我說，我剛去看了一位長輩，多年不見了。我也告訴了妳對方的名字。

突然，覺得妳的表情有些怪怪的。

妳問：「他是長輩？」

「是啊。」

原來，妳的前男友和他相熟。前男友大妳十八歲，令堂得知大為反對，要妳在母親和男友中作一選擇，態度堅決，而且完全沒有轉圜的餘地。妳從來乖巧，明白多年來母親獨力養育妳的辛勞，不敢違抗母親的意旨，最後只得含淚兩人分手。幾年以後，妳結婚了，先生大妳九歲。我感到奇怪，為什麼他們都大妳那麼多？

原來，在妳的成長歲月裡，父親曾經缺席。十歲的那一年，父親因白色恐怖被捕入獄，從此母親靠著幫人洗衣辛苦的撫養妳，幸好妳的功課一向很好，後來讀了師範，當了小學老師，因著上進，又接著讀夜大。等到父親終於出獄時，妳早就已經大學畢業了。

妳的婚姻美滿，丈夫也是老師，在大學裡教書。兒女也都懂事，而且很會讀書，不勞妳操心。只是，妳到底謹守分際，不可能有所踰越。然而，當年曾經有過的情緣畢竟無法接續，那也是命定吧？對前男友，妳依然在暗地裡關心，他是小學老師，調到哪兒去了？應該也結婚了，有自己的兒女？……

對前男友也只是祝福，到底曾經兩情相悅，奈何有緣而無份。都分離了這麼多年，各有家室，終究是漸行漸遠。

最後，也只是將這份感情埋藏在心的深處。
歲月悠悠，有些身影不能忘，有些故事仍低迴。

【原詩】

南朝．范雲的〈別詩〉：
洛陽城東西，長作經時別。
昔去雪如花，今來花似雪。

在都城建康的東西，經常有人久別離。從前別時雪似花，今日歸來花像雪。

【詩家】

## 南朝・范雲（四五一～五〇三）

字彥龍，南朝梁文學家，南鄉舞陰（今河南省淅川縣李官橋鎮一帶）人，歷仕齊、梁二朝，為竟陵八友之一。

東晉時期曾任安北將軍范汪之六世孫。其祖父范璩之在南朝宋期間曾任中書侍郎。其父范抗為郢府參軍。

蕭衍執政，與沈約等輔助。齊武帝永明十年（四九二年），和蕭琛出使北魏，受到魏孝文帝的稱賞。加入梁後，官至尚書右僕射、霄城侯。天監二年卒，年五十二。追贈侍中、衛將軍，謚曰文。

范雲有文集三十卷，他的詩詞風格清麗，敘情婉轉。

# 栞心涵語

◎當我們驚歎珍珠的美麗時，也請記得它曾經有過孕育的痛苦。

◎當我歸來，不曾採回一枝春。鏡子裡，有掩不住的笑意。原來，春天早已在我內心的深處。

◎人生在天地之間，就像那來去匆匆的遠行過客一般。如此短暫無常，匆匆的來也匆匆的去，還有多少時光可供我們停留揮霍呢？所以珍惜歲月是必須，力求上進也是必須。

◎投資金融商品，或有失敗的可能。投資自己，則是最聰明的做法。

◎小草的一生，甘於平凡平淡。且看它立穩腳跟，每到春來，就努力裝點了大地，讓大地更加美麗。沒有炫奇，沒有花招，這樣的腳踏實地，不也可以成為我們學習的榜樣？

◎一枝梅花，哪值什麼錢呢？然而其中有著江南春天的暖意，於是，也就別有意義呢。

◎如果我的書是花，如今也有一大捧了呢。花都是美麗的，可以讓我來謝天謝地，也謝今生的所遇。

◎相聚太短，離別太長，能不感嘆？每次分手後總要經過許久才能相見。

◎歲月悠悠，有些身影不能忘，有些故事仍低迴。

# 卷二——雲水悠然

唐代

天上飄浮的雲朵，倒映在澄澈的潭水中，
每天看來都是一樣的悠然，
可是，世上人事景物的更換，天上星辰歲時的移挪，
已不知經歷過多少個秋天了。

# 天涯未歸人

聚會時，她跟我們提起了一樁離奇懸案。

早些年，鄉下來到都市謀生的孩子，生存並不如想像中的容易，她的妹妹因此在美容院當學徒，習得一技之長，後來有了自己的店，終於可以獨當一面了。

大家都替妹妹感到高興。

妹妹結婚時才二十幾，是如花的年紀。

婚前她是見過妹夫的。媽媽和她雖然都覺得這妹夫似乎言行不是那麼嚴謹，坐無坐相，而且不會招呼人，還常常一語不發，讓人不易親近。然而，要嫁的可是妹妹，那麼，自己又有什麼立場說話呢？

就在妹妹婚禮要舉行的前一天，妹夫出現時卻戴了墨鏡，怎麼一回事啊？難道是成了熊貓眼，見不得人了？

妹妹說：「也差不多這樣啦。跟人家打架，錯在對方，打不贏，糾眾去討公道，對方還因此付了五萬塊的和解金。」

唉，結婚是大喜事，結婚的前一天卻還惹出事端來，這該怎麼是好？

好吧，總算婚也順利的結了，一對新人臨出發去蜜月旅行時，曾經前往探望母親，說是要租車走北橫。

然後，就不再有音訊了。

直到租車公司打電話來問：「為什麼一直沒有還車？」

大家才驚覺人不見了。四處詢問，能問的人都問過了。還開車再走一次北宜公路，什麼都沒有發現，在慌亂中，只好報警處理。

作筆錄時，男方家人卻竭力隱瞞了結婚前夕的紛爭，一句話都不肯提，這豈不是誤導了警方辦案的方向嗎？再怎麼說，那也是一條線索。可是她只比妹妹大兩歲，弟弟更小，看起來似乎不經世事，加以人微言輕，警方好像全然不信他們的說詞。

案件呈現膠著狀態。

有一天突然接到電話，說是由宜蘭警方打來的，說人明天就會回家了，一切都不必擔心。

然而，明天以及無數的明天，兩個人都沒有出現。

打電話到宜蘭警局去問此事，對方說，「沒有人打過這通電話。」

想來是有人冒名頂替了，歹徒嗎？兇手嗎？

總之，三十年來，這對新人彷彿從人間蒸發，讓人無法理解。

恐怕都凶多吉少了，可是遺體和車呢？又在何處？……

聽得大家心情沉重。

我說：「就算知道原因，恐怕也已經無濟於事了，或許只能學著放下。」

「我一直告訴自己，也力勸媽媽要放下，但只要想起妹妹，心還是會痛。都這麼多年了，但願能把心放寬，還好，媽媽是個樂觀的人。」

歲月悠緩的過去，三十年了，天涯猶有未歸人，那又是怎樣的心情呢？

想起唐・王勃〈滕王閣〉詩中這樣寫著：

**閒雲潭影日悠悠，物換星移幾度秋。**

天上飄浮的雲朵，倒映在澄澈的潭水中，每天看來都是一樣的悠然，可是，世上人事景物的更換，天上星辰歲時的移挪，已不知經歷過多少個秋天了。

風光依舊，人事已非，過往的歲月又如何重返呢？

這樣的不幸，對家人而言，都是永遠的傷痛。

【原詩】

唐·王勃〈滕王閣〉：

滕王高閣臨江渚，佩玉鳴鸞罷歌舞。畫棟朝飛南浦雲，珠簾暮捲西山雨。

閒雲潭影日悠悠，物換星移幾度秋。閣中帝子今何在，檻外長江空自流。

滕王閣高聳江邊，下面濱臨著贛江的沙洲，佩玉鸞鈴聲隨著宴會消失，歌舞早就停止了。早晨南浦的雲飛繞著彩繪的雕梁畫棟；傍晚西山的雨輕灑著半捲的殷緹珠簾。

天上飄浮的雲朵，倒映在澄澈的潭水中，每天看來都是一樣的悠然，可是，世上人事景物的更換，天上星辰歲時的移挪，已不知經歷過多少個秋天。

滕王閣中的皇子如今安在？只見欄外江水悠悠，空自流逝罷了。

## 【詩家】

### 王勃（六五〇～六七六）

字子安，出身儒學，自幼聰慧好學，從小就能寫詩作賦。早年即積極寫文，直陳政見，尋求入仕機會。後上書宰相劉祥道，深得讚賞，向朝廷表薦，後應試及第，授職朝散郎，成為朝廷最年輕的命官。

因恃才傲物，常得罪人。任虢州參軍時，因私殺官奴被貶，其父也因此被降官為交趾（今越南北部）縣令。王勃赴交趾探望父親時，因渡海不幸溺水而死，年僅二十七歲。後世從事航海與漁業者尊稱其為水仙王，供奉於河邊、船上或港口。

在詩歌體裁上擅長五律與五絕，詩多描寫個人生活，抒發一己情志，文學主張崇尚實用，於其文〈上吏部裴侍郎啟〉認為：「君子以立言見志。遺雅背訓，孟子不為；勸百諷一，揚雄所恥。苟非可以甄明大義，矯正末流，俗化資以興衰，家國由其輕重，古人未嘗留心也。」為「初唐四傑」之首，不少詩句膾炙人口，如「落霞與孤鶩齊飛，秋水共長天一色」、「海內存知己，天涯若比鄰」。他的駢文也為文學上重要成就，代表作品有〈滕王閣序〉等。

《舊唐書》本傳謂王勃：「六歲解屬文，構思無滯，詞情英邁，與兄才藻相類，父友杜易簡常稱之曰：此王氏三珠樹也。」明朝胡應麟《詩藪．內編》評其詩作：「興象婉然，氣骨蒼然，實首啟盛、中妙境。五言絕亦舒寫悲涼，洗削流調。究其才力，自是唐人開山祖。」

# 我的幸運

他對朋友的好，簡直到了讓人驚訝的地步。

我是他年少時候的老師。

他的好朋友是個女子，想來看我，我同意了。可是我們不熟，那好朋友從外縣市來，不辨方位，還須要有陪同者。

他跟好朋友說：「如果沒有人陪，我請假陪妳去。」

知道他這麼說，我真的被撼動了。他是竹科工程師，忙碌的程度無法想像。居然願意拋下自己手中的工作，專程陪同前來。又是怎樣的一番心意！

幸好原先預約陪同的人首肯。

可是，我們知道了這事，都好感動。

我也因此見到了他的好朋友，的確是個有創意，夠努力，神采飛揚的女子，留給我的印象很深。

她走後，我簡單的記下了會面的情景。

想到他們是好朋友，我因此傳給他看。讓不曾親臨現場的他，也能知道我們說了什麼？以及我的想法。

在我，這是很尋常的事，因為我習慣以文字記錄生活。就怕時日久了，腦海一片空白。文字讓我可以追溯，成為很好的憑藉。

他看了以後，跟我說：「老師這麼誇她，她一定很高興。」

然而，我分明感覺，更高興的是他。難道我稱讚了他的好朋友，讓他喜不自勝？真是一個愛朋友的人。

那天，陪同一起來的人也跟我說：「當他的好朋友真幸福。」

我點點頭，的確是這樣。

我沒說出口的是：曾經是他的老師，我有多麼的幸運。

真的，在這個世界上，有人如此真心真意的待你，把你放在心上，多麼的稀罕珍貴。

細想來，一生中，像這樣的人，到底我們能遇見幾個？

我曾讀過王維的〈終南別業〉中的名句：

**行到水窮處，坐看雲起時。**

說的是：有時候信步走去，走到水源的盡頭，就隨興的坐下來，看見雲霧的升沉，多麼的自由自在。

能如此悠然自得，沒有罣礙，應該是來自於胸襟的曠達，才能有超然於物外之趣，領會了處處都有好風景的佳妙。其實，也是不容易的，必然曾經有過多少的歷練和打擊，是堅持走過艱險，放下了心中的執念，對天地萬物，時時懷有感恩之情，才能「行到水窮處，坐看雲起時」吧。

人生有多少憂患苦楚，有誰是陪著我「坐看雲起」的人呢？

## 【原詩】

唐．王維〈終南別業〉：

中歲頗好道，晚家南山陲。興來每獨往，勝事空自知。
行到水窮處，坐看雲起時。偶然值林叟，談笑無還期。

我在中年以後，就很喜歡佛家的道理，晚年時，隱居在終南山邊的輞川別墅。每當興致一來，經常獨來獨往，面對那麼美好的景物，心中快意只有自己才能明白。有時候信步走去，走到水源的盡頭，就隨興的坐下來，看見雲霧的升沉，多麼的自由自在。走在回來的路上，偶然會遇到住在山林裡的老人，就停下來隨意閒談幾句，大家都很開心，甚至還忘了回家呢。

## 【詩家】

### 王維（七〇一～七六一）

字摩詰，精通佛學。佛教有部《維摩詰經》是維摩詰菩薩講學的書，因十分欽佩維摩詰而自名。他多才多藝，詩書畫皆有名，受禪宗影響頗大。精通山水畫，創造水墨山水畫派，還兼擅人物、花竹，對山水畫貢獻極大，被稱為「南宗畫之祖」。也精通音律，能以繪畫與音樂之理入詩，讓詩作完美呈現高度的藝術境界。

天寶末年，安祿山攻占長安，王維被脅迫為官。但是他並不願意，長期居於輞川，曾作詩表明心跡被定罪。安祿山兵敗後獲得赦免，並任太子中允，加集賢殿學士，後轉給事中、尚書右丞，世稱「王右丞」。

以五言律詩和絕句著稱。前期的詩多反映現實，後期則描繪田園山水。青年時期的他，人生態度與政治抱負十分積極，描寫各方面題材，關於邊塞與游俠的詩作風格，有岑參、高適等雄渾氣勢。後期作品歌詠田園山水，藝術成就極高。作品以五言為主，描寫退隱生活、田園山水，追求清靜閒適的精神生活，風格樸質恬靜，淡雅高潔。

詩作在生前與後世皆享有盛名，是公認的詩佛。蘇軾評王維詩作曾曰：「味摩詰之詩，詩中有畫；觀摩詰之畫，畫中有詩。」杜甫也讚其「最傳秀句寰區滿」，唐代宗曾譽之為「天下文宗」。

# 歲月靜好

下午三點多，我去看戴媽媽。

在我的印象裡，戴媽媽一直是個很優雅的人，還帶有幾分日本女性的客氣和多禮。

年少時，我們住臺南，曾經和戴家是鄰居。戴伯伯是家父的同事，聽說球藝精湛，曾經是田徑好手，國家代表隊，戴媽媽則閒居無事學畫畫。在鄰居們的眼裡，真是一個高尚有品味而且充滿了和樂的家庭。

後來，我們兩家分別相繼搬離，幾十年後，竟又相會於臺北的同一條巷子。因緣的流轉，多麼奇妙。

我帶了龍眼，那是早上收到從產地東山寄來的。東山的龍眼乾是吳寶春桂圓酒釀麵包的重要材料之一，據說，是走遍全臺灣所特選的。今年龍眼盛產，碩大而且甜美。

我還帶了一本博客來暢銷榜上的《好詩》去，那是我的小書。為什麼呢？因為其中有一篇寫的是戴伯伯和戴媽媽。我願意相信，文字是永恆，它可以穿越時空而長存。

那篇文章叫〈落日也很美〉，我念給戴媽媽聽，多少前塵往事都記錄下來了。戴媽媽也很高興，連戴家的愛女達娜的名字都在裡頭呢。

戴媽媽看起來精神很不錯，前些時候聽說有些感冒，現在也好了很多，就快痊癒了。

我知道，半年前，戴伯伯辭世。

戴媽媽跟我說：「戴伯伯走了，我告訴自己，一定要堅強起來，要做兒孫們的榜樣。」真是了不起。

想起唐・王維有一首送別詩〈送沈子福歸江東〉中的名句：

## 惟有相思似春色，江南江北送君歸。

只有我的相思之情就像那無邊的春色，遍及江南江北，一路送君歸去。

詩人善於聯想，卻能不見刻畫的斧痕，詩裡有著深厚的情誼，以心中的思念和眼前無限的春色相互結合，讓人一讀三嘆……

然而，夫妻之情畢竟更勝於友情，戴媽媽的失侶之痛更深，恐怕是我所無法想像的。

戴伯伯的遠逝，留給了戴媽媽多少傷心淚痕，她能努力讓生活步上常軌，的確不是容易的事。雖說兒女個個好，卻都有各自的家庭和工作，忙碌可以想見。女兒尤其遠在國外，隔著重洋，相見比較難，思念更是深濃。戴媽媽在這樣的情形下，還努力把自己照顧好，她比我們想像中的更勇敢。

平日有外傭安娜陪伴，生活很規律，早晨六點到附近的公園散步半小時，每週定期到老人學苑學畫畫，目前學的是油畫。還學唱日本歌呢。戴媽媽是會日語的。可是她卻謙虛的說：「說和唱，還是不同。」

我還看了達娜兒子的照片，兩個兒子都很帥。戴媽媽稱讚小外孫媳婦很乖，有禮貌。

戴媽媽的日子過得很平靜，我以為，平靜也是一種福。她的兒孫都好，真是一個有福氣的人。

【原詩】

唐．王維〈送沈子福歸江東〉：

楊柳渡頭行客稀，罟師盪槳向臨圻。
惟有相思似春色，江南江北送君歸。

就在楊柳依依的渡口，旅客稀少，船夫划著船槳往臨圻前去。只有我的相思之情就像那無邊的春色，遍及江南江北，一路送君歸去。

# 總是那般的從容

總是那般的從容，像一朵出岫的雲，悠然而自得。

我喜歡閒適的生活，或許在忙碌、緊張，充滿了壓力裡，不能時時可得，益發覺得珍貴。

從容是一種意趣。

從容來自寧靜的心，不慌不忙的舉止，態度嫻雅，彷彿泰山崩於頂，也可以面不改色。

如何能做到這樣呢？是在長久的修為之後吧。

唐．王維的〈李處士山居〉中，有兩句是我心生嚮往的：

## 清晝猶自眠，山鳥時一囀。

在大白天裡還高臥不起，不時還聽到一兩聲山鳥動聽的啼鳴。隱逸的生活如此悠然美好，怎不令人欣羨呢？

然而，我仍身處在紅塵之中，山居，只是美夢。

有個朋友跟我說：「我把每一天都當作生命裡的最後一天來過。」

如果這樣，有太多的紛爭就不必放在心上了。又有什麼好計較的呢？人生的大限就要來到，名利從來就帶不走，生命即將殞滅，那麼，能原諒就原諒，能遺忘就遺忘吧。

讓一切都回歸到起始的初心，以雲淡風輕來看待世事吧。

洞徹之後的淡然，或許會比較從容一些吧。

因為無須汲汲營營，富貴於我如浮雲。

比較在意的是，人間的美善。

願意付出更多的關心，給這片土地上的人事和物。願意努力拆除人間的藩籬，讓人類更能相親相愛。願意維護所有的資源，使其潔淨，為人們所用。但願人間只有共存共榮，而沒有詆毀謾罵，沒有傲慢也沒有自卑，群策群力，建紅塵而為樂土。

為什麼只為一己的私利，就要相互攻訐、置對方於死地呢？為什麼要點燃起戰火，讓生靈塗炭、流離失所呢？……

當人們心中欠缺愛、寬容和同情，舉目所見，只怕是兵燹處處、民不聊生，有人朱門酒肉臭，有人輾轉於溝壑了。貧富懸殊，種族對立，階級鬥爭，世間的喧鬧無有終日，這哪裡是你所樂意見到的呢？

不為個人著想，也應為萬代後世子孫的福祉預為謀畫。

有寬闊的胸襟，有遠大的見識，這樣的人，也必然擺脫了毛毛躁躁，沒有短視近利，心中自有定見，自然言行裡也多了幾分從容。

從容是氣度，也是美好的風格。

【原詩】

唐・王維〈李處士山居〉：

君子盈天階，小人甘自免。方隨鍊金客，林上家絕巘。
背嶺花未開，入雲樹深淺。清晝猶自眠，山鳥時一囀。

有身分地位的人充滿了朝廷各官署，你這平民卻甘願自免於朝官的行列。你已經追隨煉丹的道士，居住在樹林上方陡峭的山峰上。你的山居在嶺北春花還未綻放，樹木高聳入雲，顏色有深有淺。你在大白天裡還高臥不起，不時還聽到一兩聲山鳥動聽的啼鳴。

# 霧靄煙嵐，我們在溪頭

七月天，臺北正溽暑，我們飛奔到溪頭開同學會。

喜歡溪頭，是因為它山明水秀，處處有綠意環繞。尤其在往溪頭的車行途中，可以看到近旁的綠樹以及遠處雲彩的變化，看來天氣仍不穩定，有時晴空萬里，有時烏雲密合，不一而足。相同的是空曠，這是都會區所難見的。

抵達溪頭時，已近黃昏，天氣果然不好，早就下起雨來。我們晚餐時下雨，聯誼時也下雨，夜晚時躺在小木屋的床上，仍然聽到外頭滴滴答答，沒完沒了。

雨，仍未停歇。我心想，明天清晨醒來，會看到怎樣的景色呢？會不會也像是王維的〈送梓州李使君〉一詩中的千古傳唱名句：

## 山中一夜雨，樹杪百重泉。

山中下了一整夜的雨，眼前只見百道飛泉，就像是掛在樹梢上一樣。真是優美和壯觀兼具，多麼讓人悠然神往。

我大概是懷著那樣的夢，沉沉睡去。

第二天醒來，但見日麗風和，竟然懷疑，昨晚真的下了一整夜的雨嗎？或者，只是我做的一場夢呢？

薄霧輕攏，一片煙嵐。我的友伴們早就散步去了，在小徑上走它幾回，到處都有林蔭。我每上溪頭一次，就見到群樹更高挺了一些，樹葉在風中低低絮語，是在唱一首歡樂的歌嗎？

溪頭的清晨，優美如詩。很多人在山徑上閒閒的走著，雲霧早已散去，此時陽光灑落，落在我們的衣襟上和髮梢上，芬多精瀰漫在四周，就這樣走著走著，我們真能走回往日的華岡嗎？再次走回屬於自己的青春年少嗎？

山徑上，多的是懷著閒情四處走走的人們，有我相熟的昔日同窗，也有初次相遇的遊客，山中的寧靜安恬，也讓我們的心情更加歡愉。

迎面而來，和善微笑的臉是具有感染力的，屬於紅塵俗事的憂煩真該放下，就忘了吧。且聆聽樹梢鳥兒的鳴叫，還有風聲，那都是天籟。

遠遠的看到玲弟快步疾走，她要去哪兒呢，如此步履匆忙？還戴著一頂可愛的帽子。

走過會議室，有歌聲傳來，原來是黃智雄在唱歌。

歌聲富有感情，非常的動人。

我一直不曉得黃智雄會唱歌，或許是畢業以後，在繁重的工作之餘培養出來的興趣吧。他唱得真好，簡直像個「歌王」。

此次同學會，他還送給每一個同學一大瓶他研發的成品「穩靈擦亮劑」，是用在汽機車的清潔保養上。外觀上看來多麼像是乳液，呵呵，可千萬別抹在臉上喔。有人說，也像優酪乳，那個人恐怕是愛吃的吧。

然後我們也一起唱歌，唱〈秋蟬〉，唱〈偶然〉……在紛紛飄墜的音符裡，我們彷彿見到許多青春的身影飛躍在山崗上，卻也永遠在記憶裡停格了。

別後多年，曾經我們攜手同遊，在溪頭。景色歷歷如繪，就留予他年說夢痕了。

【原詩】

唐．王維〈送梓州李使君〉：

萬壑樹參天，千山響杜鵑。山中一夜雨，樹杪百重泉。
漢女輸橦布，巴人訟芋田。文翁翻教授，不敢倚先賢。

千山萬壑中，但見古木參天，處處迴響著杜鵑的聲聲鳴唱。山中下了一整夜的雨，百道飛泉，像是掛在樹梢上。嘉陵江邊的女子繳給官府的布匹是用橦花織成，巴蜀的農人常常因為芋田引發爭執而訴訟。你一定會繼承文翁的事業，發展文化和教育。絕不會一無所為，只是依賴先賢的政績。

# 幽靜美麗，宛如詩畫

我曾經住過南臺灣許多幽靜美麗的鄉村，住得最久，也最為難忘的是麻豆的總爺。

其實，每一個糖廠的廠區，都被公認環境清幽，花木扶疏，人人盛讚它像一座美麗的公園。每當我說：「我是臺糖子弟。」對方常會很有興趣的問：「哪一個糖廠？」然後，就對我說：「我吃過糖廠的冰，好好吃。」

即使我們搬離總爺，長居臺北都二十多年了，每回想起總爺，都覺得它如詩如畫，難以忘懷。

初履總爺時，我年方十三，正要讀小鎮的初中。

學校離家一公里，我們都騎著單車上學。讀書，在那個競爭激烈的學校裡仍是有壓力的，放學，就輕鬆得多了。一進入廠區的大門，有兩排大王椰，然後是樟樹大道，樟樹的葉片細小，風一吹過，葉子掉落一地，每天早晚有人清掃，維護了它的整潔。右邊是紅樓，也就是總辦公室，辦公室前的花圃植有玫瑰。左邊有老榕樹、招待所、食堂，還有夜間網球場。

有住家，那是員工的宿舍，家家有圍籬，自成院落，種花種樹種水果，如文旦、芒果、芭樂等。那時候還有幼稚園和代用國小，國小真小，每個年級一班，一班也只有十來個人，全校師生都認得，像個大家庭；尤其五育並重，學生的表現超優。後來還有電影院，年節時總有各種慶祝活動，熱熱鬧鬧。

有醫務室，有福利社，還有理髮店、美容院、冰店等等，簡直自成了一個小型自足的社會。

我們很幸運能在這樣宛如詩畫的環境裡長大。

可惜，後來我們相繼到外地讀書、工作，父親退休後，我們也搬離了，一轉眼幾十年都過去了，總爺糖廠關門，如今它成了南瀛總爺藝文中心，清幽的環境被保存下來，不少日式的建築被評定為古蹟，舉辦各種展覽也開放參觀。

我們的舊居被拆去，成為草坪，有一個露天的表演臺。想起年少時，常在後院的樹蔭底下，悠閒的讀詩詞，風吹哪頁就讀哪頁，有時候風吹來，竟然沉沉睡去，睜開眼時，仍在迷離之間，竟以為看到了唐・王維的〈書事〉一詩中所描繪的況味：

**坐看蒼苔色，欲上人衣來。**

靜坐凝視庭院中的景致，雨後的蒼苔，一片生意盎然，看著看著，那青綠的顏色，就彷彿要染到人的衣服上來。

我只是以為，那青青綠草，就要爬上了我的裙襬……

樟樹仍在，又高又大了，成了婚紗拍照最美的景點。

仍然吃得到冰，聽說是由善化糖廠支援。

老榕樹已經死去，幸好我的老同學定居麻豆，她是畫家，早早畫下了老榕樹的姿容。她跟我說：「現在這裡成了我們麻豆人的後花園，是招待遠來朋友的好所在。」有展覽可看，有冰品可嘗，還有那茂密的樹、美麗的花，或喝茶或看夕陽或四處閒閒走走，都是平生快意事！

雖然舊居被拆去，我不無惆悵和失落。但是，畢竟它以「南瀛總爺藝文中心」的新面貌被記憶和照顧，或許也是「失之東隅，收之桑榆」吧。

還是個美麗的地方，還是有如詩畫一般的清幽迷人，我想，多年來，它一直都存放在我心中最溫柔的角落，時時懷想。

【原詩】

唐．王維〈書事〉：

輕陰閣小雨，深院晝慵開。

坐看蒼苔色，欲上人衣來。

小雨剛停，天色依然微陰，在深深的院落裡，即使是在白天，連院門也懶得打開。靜坐凝視庭院中的景致，雨後的蒼苔，一片生意盎然，看著看著，那青綠的顏色，就彷彿要染到人的衣服上來。

# 今日，我們歡聚

很高興能跟你們相見，距離上次同學會的相遇快有十年了吧？你們都還好嗎？

我們約的是中午十一點。

十點四十五，有人按門鈴，我打開門，是蘇明豊。我說：「你第一名喔。」他國中畢業以後，我從來不曾見過他，他願意前來相會，真是意外的驚喜。他說：「老師，我的東西要冷藏，所以，先拿過來，再去開車。」他把車停在遠處，其實我家後面，相距不遠的地方，就有兩個停車場。後來他又跑來，想必已經停妥車子了。他還是第一名。

阿美打電話來，她要慢半個小時才能抵達。

果然十一點時，大家紛紛來到，當年他們是超優的班級，如今也仍然嚴守紀律。

蘇秋絨帶了小孫女來，芳齡僅一歲，是非常可愛的小公主，不吵不鬧也不哭，實在是好個性，將來一定是個可人兒。偶爾小公主也加入我們的談話，語言奧妙幽微，可惜我們還找不到解碼。

李瑞緻好活潑。她說，國中時她不是這樣，是比較安靜的，如今常有妙語出現。林秀津是家事達人，聽說婚前連燒個開水都不會呢。帶來的東西多到必須先生開車送她來，四種素壽司、珍珠丸子、包了紅豆泥的鹼粽、醉雞……還有蓮子湯、紅豆湯（兩種湯品必須分別煮好，不得混淆，以免顏色相互沾染而不美，天啊），讓人懷疑她是處女座，結果是魔羯。還有芭蕉和咖啡，是東山咖啡，現煮。高文琦給我們喝阿里山紅茶，滋味清香，完全不輸知名的「紅玉」。阿美帶來好吃的炒米粉、湯、筍子，也吃了蘇明豊的芭樂，更多的是沒有拆封的各種禮盒。林秀津說了她的花和鑽石的故事。王玉伴帶來一本《一顆最美的心》讓我簽名，她四處雲遊，日子過得愜意。高文琦談他在德國讀書的生活，你們還給我看羅筱文小女兒的照片，完全是當年筱文的翻版，基因真是不可思議。孫玉帛忙著幫大家拍照，她在郵局工作。龔恩諒換了一家頗賺錢的科技公司……

別後重逢，言笑晏晏，這是生命中最讓人流連的時光。

我記起唐．李白〈行路難三首其三〉中最為膾炙人口的詩句：

**且樂生前一杯酒，何須身後千載名。**

只要生前有一杯酒，能及時行樂，又何必要死後流傳千載的聲名呢？

往日的我一直以為，是寫作改變了我的人生，然而此刻想來，在我的青春歲月裡，有幸能在白河和一群如同天使的你們相遇，也讓我的人生因此不同，衷心感謝你們長久以來對我的善意。

我們拍了數不清的照片，說了無數的話，我想已經把我這一年該說的話全都說完了。

很高興能看到大家，別後多年，還能被你們記得，在我，也該是一種上天的恩寵了。

願日日靜好，這是我對你們，也是對我自己的祝福。

## 【原詩】

唐・李白〈行路難三首其三〉：

有耳莫洗潁川水，有口莫食首陽蕨。含光混世貴無名，何用孤高比雲月。

吾觀自古賢達人，功成不退皆殞身。子胥既棄吳江上，屈原終投湘水濱。

陸機才多（雄才）豈自保，李斯稅駕苦不早，華亭鶴唳詎可聞，上蔡蒼鷹何足道。

君不見，吳中張翰稱達生，秋風忽憶江東行。且樂生前一杯酒，何須身後千載名。

有耳朵不要去洗潁川的水，有嘴巴不要去吃首陽山的蕨草。只要韜光養晦活在世上以無名可貴，又何必顯示自己的清高比作天上的雲月呢？我看過古來多少豪傑，功成後不退居的話，往往都要遭到殺身之禍。伍子胥雖然刎頸自殺了，還遭吳王棄屍於吳江；屈原有憂國忠君的心，最後遭到自投汨羅江的命運。陸機有雄才大略，難道能自保嗎？李斯雖然說過要退休，但遺憾沒早些隱退，結果陸機雖想再到華亭欣賞野鶴的鳴叫，又怎能聽得到呢？李斯再想攜著兒子肩上拖著一隻蒼鷹，出上蔡東門去逐狡兔，又何足以提起呢？

你沒有看見嗎？吳中的張翰稱得上是個曠達的人，當秋風吹起的時候，突然想起家鄉的菰菜、鱸魚膾，於是立刻跑回江東去，並且還說，只要生前有一杯酒，能及時行樂，又何必要死後流傳千載的聲名呢？

## 【詩家】

### 李白（七〇一～七六二）

字太白，號青蓮居士，有「詩仙」、「詩俠」等稱號，與杜甫合稱李杜。才華洋溢，作品內涵豐富，眾多詩篇成經典，傳頌千年而不絕，有《李太白集》傳世。自五歲接受啟蒙教育，十歲開始讀諸子史籍，學習內容廣泛。少年時期即喜好作賦、劍術、神仙、奇書；青年時期開始在中國各地遊歷。曾拜縱橫家趙蕤為師，學習一年有餘，對他產生深遠的影響。

中年時期，於玄宗天寶元年曾供俸翰林。但其桀驁不馴的性格，不到兩年便離開了長安。於洛陽結識杜甫與高適，成為好友。晚年時期，於安史之亂爆發後，曾應邀作永王李璘的幕僚，後因永王觸怒唐肅宗被殺後，李白因而入獄，因郭子儀力保，得以免死。晚年於江南一帶飄泊，後投奔其族叔任職縣令的李陽冰，最後病逝於寓所。《舊唐書》載，李白飲酒過度，醉死於宣城。另有傳說，他於舟中賞月，因下水撈月溺死。也因此說，後人將他奉為水仙尊王之一，可庇佑水上貿易商人、船員與漁民。

其詩浪漫奔放，才華橫溢，行雲流水，宛若天成，傳誦千年而不絕。

一生創作大量詩歌作品，涉及題材廣泛，內涵豐富，融合百家之說。鍾好古體詩，擅長五言古風、樂府詩與七言歌行；近體詩擅長五言絕句、七言絕句。也寫五言律詩、七言律詩。創作風格浪漫，極富個性的抒情色彩，內容蔑視庸俗與反抗權貴，把南朝以來華靡的文風帶到創造性的發展路途。想像豐富，比喻生動，擅長運用樂府民歌的語言，自然率真。其詩作對後世產生的影響深刻，無可估量。

杜甫對李白評價甚高，稱讚他的詩「筆落驚風雨，詩成泣鬼神」（〈寄李十二白二十韻〉），「白也詩無敵，飄然思不群」（〈春日憶李白〉）。韓愈對其極為推崇，曾云：「李杜文章在，光焰萬丈長。」（〈調張籍〉）。唐文宗曾下詔將李白的詩、裴旻的劍舞、張旭的草書稱為「三絕」。白居易曾做〈李白墓〉一詩追念：「可憐荒隴窮泉骨，曾有驚天動地文。」

# 品牌迷思

你認識多少知名的品牌呢？

當今的社會上，有太多的人對各種名牌趨之若鶩。有很多年輕人更是瘋狂，非名牌不歡。

過猶不及。我常不解：真的需要這樣嗎？

也的確，有很多名牌的設計都簡潔大方，材質好，手工細，經久耐用又美麗，只是價格太驚人了。即使是這樣，愛用名牌的人依舊有如潮湧。

為什麼愛用名牌呢？

有人認為那是身分的表徵。用名牌，也表示我消費得起。社經地位當然不同。

有些人勢利眼，只認衣物不認人，既然穿著打扮，是給別人看的，那麼，就愛用名牌吧，以防「狗眼看人低」……

如果自己有能力，經濟狀況良好，穿戴名牌原也無可厚非。己悅悅人，也是一件歡喜的事，旁人也無權說三道四。怕的是那些經濟困窘，卻又迷信名牌的，總覺得少了名牌的加持，便是低人一等，老要打腫臉充胖子，沒錢？得先找錢，或打工或省吃儉用，也算是好的；就怕憑其手腕，無所不用其極，還真不知要惹出什麼事端來？更怕禍己禍人，殃及無辜，付出更大的慘痛代價和巨額的社會成本。

我有一個朋友，有足夠的財力享用各種名牌，卻毫無興趣。她的生活簡單樸素，甚至連首飾也不常配戴，還四處捐錢給弱勢團體。平日自奉儉約，有時候太省，我們常覺得她其實不必這樣。她卻說，她喜歡。

她有個自己的小公司，還開玩笑的說：「我認真創立品牌，我更努力讓自己成為名牌！」

如此充滿了自信，多麼讓人佩服。

相信她的心中自有丘壑，一如唐朝李白〈山中問答〉中的名句：

## 桃花流水窅然去，別有天地非人間。

看那鮮豔的桃花隨著流水消失遠去，這是另一種美好的境界，不是庸俗的世人所能領會的。

優遊在青山綠水中，忘卻世俗榮利，能這樣，並不是人人都能做到的。這和心性有關，也和人生的價值與理想有關。

我敬佩她的精神，也以能認識她為榮。

確實，何必追逐名牌呢？如果自己就是名牌，那真是太酷了。

你想過嗎？讓自己成為獨一無二的名牌，行銷全世界？

真的，在這個世界上，並不是所有發光發亮的東西都是鑽石，但是，我們可以努力讓自己的生命發光發亮，讓自己成為燦爛奪目，甚至是絕無僅有的大鑽石！

【原詩】

唐・李白〈山中問答〉：

問余何意棲碧山，笑而不答心自閒。
桃花流水窅然去，別有天地非人間。

你問我為什麼隱居在這一片青翠的山谷中，我只是笑一笑，卻沒有回答，心中總是自在悠閒。看那鮮豔的桃花隨著流水消失遠去，這是另一種美好的境界，不是庸俗的世人所能領會的。

# 美麗的人生黃昏

她是我的好朋友。

真的是一個很好的老師，教書認真，視學生如兒女，照料有加，曾經獲得師鐸獎的殊榮，在我們眼裡，的確是實至而名歸。

可惜，像這樣的好老師，一到五十歲，立刻辦理退休。因為折損率太高，早已身心俱疲，再也支撐不了了。

她退休以後，我常打電話給她，問問近況。她的膝關節不好，如今情形日差，下樓時尤其疼痛，她說：「真恨不得別下樓了。」我建議：「還是先用護膝看看，最好是就教於骨科醫生。」

她卻支支吾吾，或許不敢面對現實。倘若諱疾忌醫，並不是正確的做法。

我更有興趣的是：「最近看了什麼書？」

她說：「你的電話讓我慚愧，我是宅女，只看電視。」

我怎麼會給她那麼大的壓力呢？這絕非我的意願啊。

想起以前她還在教書時，跟我談的是巴金的小說。

她要退休時，我們辦公室的同事們想要合送禮物給她，她一再婉拒，後來挑了兩部金庸的小說，好像是《射鵰英雄傳》和《笑傲江湖》。

多久以前的事了！

剛退休時，她還過得多采多姿，當義工、學畫畫、追韓劇……不想幾年以後，情況大為改變。

有一天，她跟我說：「怎麼辦呢？動作越來越慢，效率極差，連燒兩個簡單的菜都要耗去半天，想起來，真可怕。」

或許，老之將至，也由不得人。

那麼，就認了吧。不必再是拚命三郎，事情少少的做，慢慢的做，也不要忘了欣賞西天美麗的晚霞，如此絢爛，卻也稍縱即逝。

我心中浮起的是唐．崔顥〈黃鶴樓〉中所寫的：

**日暮鄉關何處是？煙波江上使人愁。**

傍晚時，夜幕逐漸低垂，看不清我的故鄉到底在哪個方向呢？只見迷濛的煙波籠罩著整個江面，更加使人發起愁來。

唉，每個人都會老，不過是遲早的事，只希望健康的時日能長一點，做自己的主人能久一點，如此，於願足矣。

不能冀望太多，那是貪心。一切都是剛剛好，已是美事。

如今希望她過得好，這麼好的老師，辛苦了大半輩子，更該擁有美麗的人生黃昏。

這是我真心的祝福。

## 【原詩】

唐・崔顥〈黃鶴樓〉：

昔人已乘黃鶴去，此地空餘黃鶴樓。黃鶴一去不復返，白雲千載空悠悠。

晴川歷歷漢陽樹，芳草萋萋鸚鵡洲。日暮鄉關何處是？煙波江上使人愁。

古代的仙人已經乘著黃鶴歸去，這裡只剩下一座黃鶴樓。黃鶴飛走後，就沒有再回來過，千年以來白雲一直在天上悠閒的漂著。在晴天，江水很清澈，映照著漢陽的樹木，鸚鵡洲上芳草一片茂密。傍晚時，夜幕逐漸低垂，看不清我的故鄉到底在哪個方向呢？只見迷濛的煙波籠罩著整個江面，更加使人發起愁來。

## 【詩家】

### 崔顥（七〇四～七五四）

汴州（今河南開封）人。

開元十一年（七二三年）中進士，開元二十九年，擔任扶溝縣尉，官位一直不顯，後遊歷天下。天寶九載前後曾任監察御史，官至司勛員外郎。天寶十三載卒。現存詩僅四十二首，最有名的一首莫過於〈黃鶴樓〉，乃千古絕唱。少年時作的詩多寫閨情，流於浮豔，後歷邊塞，詩風變得雄渾奔放、風骨凜然。崔顥四處遊歷，吟詩甚勤，其友人笑他吟詩吟得人也瘦（非子病如此，乃苦吟詩瘦耳）。明人輯有《崔顥集》。

李白嘆云：「眼前有景道不得，崔顥題詩在上頭。」

嚴羽《滄浪詩話》：「唐人七律，當以崔顥〈黃鶴樓〉為第一。」

# 最美的回報

年輕的時候，我曾經在鄉下的國中教書多年，學生都是十四、五歲的少年，天真未鑿。

那是一段可愛的時光。

白河是個美麗純樸的小鎮，校風也誠正樸實。在我的眼裡，學生的年紀好小，才十三、四歲的少年，我要跟他們說什麼呢？除了課本以外。

後來，我精選了許多中外經典名著，當作故事說給他們聽。的確，我是橋梁，一端是文學名著，另一端則是心愛的學生。我處心積慮，要讓他們成為愛書人。我明白，塵世的風雨太多，未來的他們將無法逃躲紅塵的種種試煉。那麼，面臨種種考驗，該如何自處？又如何得以安然走過呢？我不能陪伴他們到永遠，然而，在他們急需協助的時候，好書會是良師益友，更是一生的知己。是的，我想方設法努力讓他們愛上閱讀，且終生都是愛書人。

確實，如我所願。

其實，那也是另一種讀書，只是不限於教科書了，更為寬闊迷人，是很好的人生帶領和啟發。

想起唐．顏真卿〈勸學〉中的名句：

**黑髮不知勤學早，白首方悔讀書遲。**

年少不知道勤奮學習要及早，老來會後悔讀書已經失了良機、嫌太晚了。閱讀的良好習慣越早養成越好，讓好書成為終身不渝的好友，憂樂相隨，好處是說不盡的。

別後多年，他們都長大了，在各行各業裡嶄露頭角、發揮所長。我不曾冀望他們飛黃騰達，只但願他們都能堂堂正正的做人，奉獻所學，擁有快樂的人生。

我們終於相逢在萬丈紅塵的臺北都會，也常有機緣見面說話，那真是非常開心的事。如今，他們長得又高又大，我卻老是想起那些年他們稚氣未脫的容顏，而忍不住要微笑起來。我彷彿是一個辛勤的園丁，也終究看到了滿園的奼紫嫣紅，美不勝收。他們的表現都很好，遠超過我的預期。他們卻說：「老師對我們的影響更是深遠，恐怕更是超過了想像。」我也以為，那只是他們的恭維之詞，說來讓我高興的，哪裡能信以為真？

想來，當年課堂上的故事，也的確收買了不少人心。當他們都成了愛書人，有書為伴，不論人生旅程中遭逢了多少困蹇，我其實仍是比較放心的。

會不會有人想到在那些故事中，其實含有老師的祝福呢？

長大以後的他們，也有人開始回過頭來把自己讀過的好書轉而介紹給我，真讓我喜出望外。書海浩瀚，我即使喜愛閱讀，弱水三千，我也只能取那有緣的「一瓢」了，失之交臂的，又何止千萬？

這樣的回報，是我由衷喜歡的。我也以為，那是我一生中最為美麗與驚喜的回饋，讓我覺得滿心都是溫暖。

原來，在我的生命裡，好書一直是我所喜愛的，也是我和學生之間最有趣也最有意義的連結。

## 【原詩】

唐．顏真卿〈勸學〉：

三更燈火五更雞，正是男兒讀書時。
黑髮不知勤學早，白首方悔讀書遲。

每天從半夜燈明到拂曉雞啼，正是男兒讀書最好的時期。年少不知道勤奮學習要及早，老了才來後悔讀書已經失了良機、嫌太晚了。

【詩家】

## 顏真卿（七〇九～七八五）

字清臣，小名羨門子，別號應方，雍州萬年縣（今陝西省西安市）人，祖籍琅邪郡臨沂縣（今山東省臨沂市）。唐朝政治家、書法家。其楷書與歐陽詢、柳公權、趙孟頫並稱「楷書四大家」，又與柳公權並稱「顏柳」，有「顏筋柳骨」之譽。

蘇軾曾說：「詩至於杜子美，文至於韓退之，畫至於吳道子，書至於顏魯公，而古今之變，天下之能事盡矣。」善詩文，有《韻海鏡源》、《禮樂集》、《吳興集》、《廬陵集》、《臨川集》，均佚。後人編有《顏魯公集》。

# 我的學習歷程

我恐怕是那個被認為「好命」的人。

從小就備受呵護，加以身體不好，很多事也不敢或不忍叫我去做，日久之後，我真的什麼都不會。不會，也沒有關係。自然有會的人來幫忙。

是的，我的個性溫和，人緣尤其好，我從來不曾孤立無援，也不愁沒有人伸出援手。

可是，我清楚的知道，沒有能力，也就沒有自信。於是，我總是心虛的活著，卻不知應該努力學習，好好栽培自己。

長大了，做事了，雖然工作認真，但是進步還是很有限。

幸好在我周圍也不乏那獨當一面的人，讓我有機會就近觀察他們的作為，也得到了很多的啟發。

那些年，我曾親眼目睹他原是從報社招考進來的一個小記者到今日呼風喚雨大社長。這條路走了幾十年，是怎樣的務實和努力！

沒有一蹴可幾的事，總在流血流汗以後，我們得到了經驗，縱有貴人出現，也是因為你的自立自強，別人才願意把機會給了你。

因為工作上的需要，他甚至跨行學習，重新回到學校研讀另一個不同的科系和領域，新的文憑好用嗎？我不曾詢問，卻知道必然是這樣的孜孜矻矻，他拓寬了自己未來的遠景，胸襟自是大不同了。

有擔當的人也常勇於任事，他們即知即行，從不推諉。夠積極、高效率，日積月累後，能力受到肯定，工作績效有目共睹，當然更能承擔重責大任。

就像唐．杜甫〈望嶽〉詩中的名句：

**會當凌絕頂，一覽眾山小。**

哪一天我必定要登上絕頂，好一覽群山盡呈眼底盡顯低小的景況！雄心壯志加上務實努力，他終究獨霸一方。出類拔萃也是必然。

更了不起的是，這樣的人也從不爭功諉過，縱使提供協助，也從不四處張揚，唯恐天下人不知。反倒是有些人老是沾沾自喜，說的比做的多，卻不知世界幾經變動，早已今非昔比，而他的故步自封，全然只是個「井底之蛙」罷了。

我學習得比較晚，但是只要肯學，還是有很多的機會，也會有些收穫。我明白，若想學得更多，唯有服務和奉獻。不計結果，不辭勞累，終究會有長進。

年少的時候我做得少，是因為力有不逮。一個能力不佳的人，會做的畢竟有限。而現在呢？每天都忙得不可開交。

我的家人都很心疼我，常跟我說：「休息，休息，妳太拚命了。」

我倒覺得，以前自己做得太少了，現在，我不只要做眼前的事，還得補做往日的份。說不定外人聽來，竟好像是玩笑的話。

不過，我真心覺得，若有能力，自當付出，讓整個世界可能因此變得更好，還是很有意義，也是讓人由衷開心的事。

【原詩】

唐．杜甫〈望嶽〉：

岱宗夫如何？齊魯青未了。造化鐘神秀，陰陽割昏曉。

盪胸生層雲，決眥入歸鳥。會當凌絕頂，一覽眾山小。

泰山啊，你到底有多麼美好？蒼翠挺拔齊魯境內都能看到。

造物主把神奇秀美聚你一身，峻嶺南北判然分出一昏一曉。

雲氣層層翻滾心胸隨之激盪，眼角都快裂開只為看歸巢小鳥。

哪一天我必定要登上絕頂，好一覽群山盡呈眼底盡顯低小的景況！

【詩家】

# 杜甫（七一二～七七〇）

字子美，稱號「詩聖」，與李白合稱「李杜」。杜甫出身在一個世代「奉儒守官」的家庭，家學淵博，自小好學，七歲能作詩。年輕時胸懷壯志，天寶年間，因權相李林甫的陰謀操弄，使所有參加考試的人包括杜甫皆未被錄取，後客居長安十年，四處奔走皆不得志，幾經轉折，只能獲得小官職，生活困頓。終其一生仕途皆不得志，但他熱愛生活，關懷人民，詩作多反映朝廷腐敗、人民疾苦的社會動盪。一生寫了三千多首詩，現存一千四百多首，編為《杜工部集》，有許多傳頌千古的詩篇，皆閃耀其憂國憂民的人格光輝。杜詩記錄了唐代從盛轉衰的歷史，強烈的憂患意識與儒家仁愛精神，因而其詩作被譽為「詩史」。

杜甫詩作在體裁上，無論五七言古體、律詩絕句都相當出色，其作品格律嚴謹，語言精煉，風格多樣，或沉鬱頓挫，或清新細膩，或平易質樸，信手拈來皆是名作，影響後世深遠。

唐代韓愈曾將杜甫與李白並論曰：「李杜文章在，光焰萬丈長。」宋代王安石表彰杜詩云：「醜妍巨細千萬殊，竟莫見以何雕鏤」的成就。明代胡應麟在《詩藪》中曰：「唯工部諸作，氣象巍峨，規模巨遠，當其神來境詣，錯綜幻化，不可端倪。千古以還，一人而已。」

# 但願，心像清泉

我多麼希望，我的心能像清泉一般。

想到唐．杜甫〈佳人〉一詩中的兩句：

**在山泉水清，出山泉水濁。**

說的是，在山泉水清澈見底，出山泉水卻一片渾濁。

為什麼呢？泉水在山裡由於汙染少，得以長久保持清新，相形之下，出山的泉水，已然流經各處，面對種種誘惑，只怕很快就要變得渾濁了。我倒以為，紅塵是非多，如果還能潔身自愛，那又是一種怎樣崇高的成就呢？

其實這有多麼的不容易，當舉世渾濁，依然努力保持內在的清明，就像是汙泥中，綻放出一朵清新的蓮。

請保守我們的心，就讓它像一彎清泉，流經原野村莊，也流經鄉間城鎮，泉水是生活的所需，可以潔淨萬物和環境。在遠古時候，有水源處有人家。甚至人類古文明的發源地也都來自大河流域。

然而，流經四處的水，也難免會被沾汙。起始的清清溪流，在時日久遠之後，也可能成為汙濁惡臭，讓人避之唯恐不及。事後的整治，曠日費時，投注的時間和心力，難以估量。可是只要願意，仍然可以看到成績。例如臺北的淡水河和高雄的愛河，如今都已煥然一新，成為人們遊憩的好所在。

童年時候，我的同學住在海邊的小漁港，放學後，我們常去她家玩。看彩霞滿天，看緩緩行來的漁船。有時候，我們站在岸邊，打起水漂兒……年少的心懵懂，我們以為所有的歲月都是平靜無波的。

不想國小畢業以後，我搬家，她也離開，我繼續讀書，她則因父親受親友牽連而破產、困頓，不知所終。

原來，水邊之歌不全是歡喜，也有憂傷。

清清泉水，那鮮潔清澈的水流，讓人喜愛，忍不住徘徊流連。那麼，人心中的每一個善念，不也是清澈而無雜質的嗎？善念的萌發，是珍貴的，值得護持。為此，愛心才能匯聚，引導大家同走慈悲喜捨的大道，美好的未來遠景才有實現的可能。

但願，我們的心中常存善念，願意與人為善，只要是好的、對的事，都能毫不遲疑，當仁不讓。善念，唯有發揮，才有真正的作用。

那是純淨、無所沾染的愛，不也是宛如清泉？

但願我們的心是美善的，且充滿了愛，如同清泉潺潺，環繞世間，永不歇止。

## 【原詩】

唐．杜甫〈佳人〉：

絕代有佳人，幽居在空谷。自云良家子，零落依草木。關中昔喪亂，兄弟遭殺戮。

官高何足論，不得收骨肉。世情惡衰歇，萬事隨轉燭。夫婿輕薄兒，新人美如玉。

合昏尚知時，鴛鴦不獨宿。但見新人笑，那聞舊人哭！在山泉水清，出山泉水濁。
侍婢賣珠回，牽蘿補茅屋。摘花不插發，采柏動盈掬。天寒翠袖薄，日暮倚修竹。

有個舉世無雙的美人，隱居在空寂的山谷之中。她說自己是高門府第的女子，飄零淪落到與草木相依。過去關中一帶遭逢戰亂，家裡的兄弟全被亂軍所殺。官居高位又有什麼用呢？連屍骨都無法收埋。一般的世俗人情都厭惡衰敗的人家，萬事就像隨風而轉的燭火。丈夫是個輕薄子弟，拋棄了我又娶了個美麗如玉的新人。合歡花尚且知道朝開夜合，鴛鴦成雙成對從不獨宿。丈夫只看見新人的歡笑，哪裡聽得到舊人的哭泣？泉水在山中是清澈的，出了山就變得渾濁了。典賣珠寶的侍女剛回來，牽把青蘿修補茅屋。摘下來的花不願插在頭上，只喜歡採摘滿把的柏枝。天氣已經寒冷了，身著羅袖顯得分外的單薄，只見黃昏時分，獨自倚在修長的竹子上。

# 心中的夢想

每個人的心中都應該有個夢想，讓自己不斷的追尋和實踐。有一天，美夢成真，將帶來多大的歡喜啊。

我們一步一步的走著，為的是走向夢想的所在。也許，在起始的時候，夢想總是高掛在遙遠的天邊，可望而不可即。哪裡走得到呢？我們在灰心沮喪之餘，險險就要放棄。或許幸運的，能得到來自他人的鼓舞，或許是由於自己的心念一轉，我們終究可以繼續堅持下去。是勇於堅持，絲毫不肯懈怠，才讓夢想的實現終究成為可能。

我的朋友的確是經由這樣的努力，許多年以後，夢想已在她的手裡，她卻跟我說：「我感謝上天的恩典，也感激這一路行來許多人給予的協助。我不敏，憑藉的是：人一己百，人十己千，是那樣的奮勇精進，毫不懈怠，當然還有上天的成全，方才得見小小的成果。」

她的謙沖自牧，更加贏得我們的敬重。

「心有多大，世界就有多大。」我服膺這樣對夢想的說法。

有一天，我和一個年輕朋友聊天。

我問：「你的夢想是什麼？」

對方期期艾艾，竟然說不出來。我覺得奇怪，莫非這個問題他從來不曾想過？於是，我又問：「你的興趣是什麼？」對方還是不能確認。

我再問：「有什麼學科是你比較得心應手的呢？也就是，不太準備卻又能輕易考得好的？」對方在遲疑裡，還是答不上來。

我驚訝極了，只是盡量壓抑內心的疑惑。

我跟他說，這些問題平日都可以想一想，越清楚，越能確立自己未來的目標，其實是很有意義的。

如果我們年輕的一代沒有夢想，不曾思考明日的遠景和未來的藍圖，多麼讓人憂心忡忡啊。

吃喝玩樂固然有趣，卻不宜花費所有的時間和心力。有空的時候，也不妨思考自己未來的路程，到底想要走向何方？

韶華不為少年留，青春總有盡頭，而且很快就要逝去，尤其在回首時，多麼怕只剩下一聲嘆息！

唐．劉庭琦的〈詠木槿樹．題武進文明府廳〉的名句：

**莫恃朝榮好，君看暮落時。**

不要只仗恃早晨花開時繁盛的那一刻，你看它黃昏時的凋零又是何等的淒涼！

珍惜韶光，歲月匆忙的腳步，從來不會長久停留，更不會為誰而停留。努力，是必須。

如果你問我：到底，你想要走一條怎樣的路呢？

走一條有意義的路，走一條願意奉獻服務的路，走一條真正喜歡的路，走一條卓爾超群的路……

我以為：這樣的人生就很有意思了，倘若還能因此對國家社會有貢獻，那真是發光發熱，具有價值了。

【原詩】

唐．劉庭琦〈詠木槿樹．題武進文明府廳〉：

物情良可見，人事不勝悲。
莫恃朝榮好，君看暮落時。

物情的變化的確可以事先預見，然而人事的變遷往往令人不勝悲傷。不要只仗恃早晨花開時繁盛的那一刻，你看它黃昏時的凋零又是何等的淒涼！

【詩家】

劉庭琦

生卒年不詳。一作劉廷琦，宿州符離（今安徽宿州符離）人。玄宗開元初，任萬年尉，坐與惠文太子李範飲酒賦詩相娛，貶為雅州司戶。開元、天寶間，官至汾州長史。生平事跡見新、舊《唐書》之《惠文太子傳》、《元和姓纂》卷五、《國秀集》目錄。他工詩、善書。嘗與閻朝隱、張諤等人交遊，有詩名，芮挺章選其詩二首入《國秀集》。《全唐詩》存詩四首。

通過對於時間和空間的意象經營，以及把寫景、敘事、抒情與議論緊密相結合，在詩裡熔鑄了豐富複雜的思想感情，使詩的意境雄渾深遠，既激動人心，又耐人尋味。

# 想起父親

想起父親，就在這樣一個落著雨的黃昏。

他是老么，上頭有四個姊姊。就像桌子有四隻腳，頂著一個桌面，他就是那個寶貝的桌面，動見觀瞻，無處可以躲。

可以想見他的備受寵愛。他也的確功課好，在學校裡言行舉止也都中規中矩。母親疼愛他，父親則奉行嚴管嚴教，就怕「省了棍子，壞了孩子」。而家中大權都在父親手裡，事無大小，總是父親說了算。小時候，他的確是怕極了父親，能避則避，能躲則躲，說是「老鼠遇見貓」也不為過。父子的感情一直比較疏離，從來不曾親暱過。

在當年那個窮困的環境裡，教育資源多半用在兒子的身上，四個姊姊學業再優，除非考得上師專，由國家栽培，要不就早早讀個職業學校，學得一技之長，為的仍然是快一點就業，不要成為家裡的負擔。

他這個么弟則一路讀了上去，父親希望他當醫生，然而，醫學系有多麼的難考，他也進了醫學院，但不是醫學系。

如果他重考，或許可以如願，只是從小負荷著那許多沉重的期待，他覺得好累，他甚至懷疑自己有「壓力恐懼症」。

父子的關係從來是緊張的，寒假裡有過年，他不得不回家。暑假他則假藉各種名義留在學校，說要實驗啦，要做田野調查啦，少回家也是為了減少和父親碰面的機會。父親一見到他，就是要「教訓」，耳提面命，總是做人做事的大道理，生怕他會忘記似的。他垂下眼光，彷彿敬謹領受的模樣，內心卻波濤洶湧、憤恨不平。

父親老是這樣採取高壓政策，多麼讓人受不了。後來他還是讀了一個碩士學位，也有一份很不錯的工作。

有時候，他也想，自己會不會太叛逆了？父親應該是愛他的吧？只是讓他覺得壓力好大，他無力擔負。直到父親辭世，一切都放下了。

當他不再感覺壓力沉重、不勝負荷時，反而因此重回學校讀書，得了博士學位，在大學裡教書，一路提論文，升等，勢如破竹。就在很短的時間內，終於他是教授了。多少人豔羡的看著他，以為他平步青雲，可惜父親已在天上。

有時候他也想，如果能趕在父親生前讓他知曉，父親不知會有多麼的得意和安慰啊！然而，終究是慢了。

他心中百味雜陳，想起父親，就在這樣一個雨後的黃昏裡，靜默著。

記起了唐朝詩人韋應物〈滁州西澗〉的知名詩句：

**野渡無人舟自橫。**

郊外的渡口一片靜默，所有的人都不見了，只見空蕩蕩的渡船停靠，唯有寂寞。沒有人聲笑語，也不見任何的喧譁，彷彿被天地人間所徹底遺忘了。

「野渡無人舟自橫」，單看此句，何其詩情畫意！深究來，卻有多少說不出口的惆悵和遺憾。

每個人的夢裡會不會也曾有這樣的一個角落，寂靜卻也寥落，偶爾竟也不期然的浮上了心頭？

【原詩】

唐・韋應物〈滁州西澗〉：

獨憐幽草澗邊生，上有黃鸝深樹鳴。
春潮帶雨晚來急，野渡無人舟自橫。

獨愛生長在澗邊的幽草，但聽得上頭有黃鶯在樹林的深處細碎的鳴叫。晚潮與春雨使得水勢湍急，這時郊外的渡口不見人影，只有小舟獨自橫陳。

## 【詩家】

### 韋應物（七三七～七九二）

京兆長安（今陝西省長安縣）人。他的詩以寫田園風物而著稱，早年豪縱不羈，橫行鄉里，曾任滁州、江州刺史。安史之亂後閉門讀書，少食寡慾。德宗時出任蘇州刺史，世稱為「韋蘇州」，著有《韋蘇州集》。

是繼陶淵明和王維、孟浩然之後又一個田園詩名家；而他自成一體的簡淡古樸、澄澹空靈的詩風，近於陶淵明。

其山水詩，清新自然且饒有生意，後人以「王孟韋柳」並稱。

# 無悔的愛

母親對兒女的愛，總是一往情深，綿長而無悔。

她的女兒是畫家，科班出身，習畫多年，也經常應邀開畫展。畫風清新而美，極得愛畫人的推崇。

其實，對一個畫者來說，每一個稱讚都是鼓勵。在所有孤寂的創作過程裡，這已經是最好的回報了。

有一次畫展，有人來跟女兒說，他想要買某一幅畫。女兒靜默了好一會兒，說：「你能不能改換另一幅呢？」她非常的捨不得。

創作是嘔心瀝血的，賣掉，恐怕就再也無緣相見，教她如何割捨得下？

曾經有些年，她在縫布娃娃，非常認真，每一個都充滿了創意，她打算縫滿了一百個，就準備展出。

有一天，一個相熟的朋友來，一見之下，大為喜歡。立刻搶了兩個，說：「我要，我要！」不分青紅皂白，給了她五千塊。女兒別過身子去，眼睛裡全都是淚水。

在創作裡，投注了太多的心血，彷彿那也都是她的兒女，骨肉相連，如何輕易割捨呢？

其實女兒長得明媚動人，可惜仍待字閨中，這一點，最讓她操心。可是，姻緣事急不得，乾著急也沒有用。

也不是沒有人追求，可也有那白目的男子，一見到女兒的畫作，居然說：「畫這些，做什麼？」如此的不知尊重，當然，就沒有下文了。

每次女兒要畫展，她就開始跟著忙，打包、裝箱……有一次，女兒要出一本陶藝作品集，她也跟著忙裡忙外，把陶藝品搬來搬去的拍照，還要出外景。有一回，不小心，居然還摔壞了一個。即使女兒說沒有關係，她還是難過了很久，因為每一件成品都是女兒的心血結晶。

在我看來，天底下，也只有母親才能這般的一無怨悔，給了全力的支持，而且不求回報。

有一天，女兒終究會進入婚姻，為人母親，相信必然會了解唐．孟郊〈遊子吟〉詩中的名句：

**誰言寸草心，報得三春暉**。

母親這份慈愛與關切，真不是我們微小的心意所能報答。真的，哪一天若女兒成了知名的大畫家，可別忘了母親在她背後所曾經給予的愛和種種支援。

【原詩】

唐．孟郊〈遊子吟〉：

慈母手中線，遊子身上衣。

臨行密密縫，意恐遲遲歸。
誰言寸草心，報得三春暉。

慈祥的母親在孩子即將遠行的時候，忍著內心的悲傷，一針一線替他縫製衣裳，深怕他受凍著涼，一方面又擔心他不知何年何月才能回來相聚，母親這份慈愛與關切，真不是我們微小的心意所能報答。

【詩家】

孟郊（七五一～八一四）

字東野，湖州武康（今浙江德清）人，孟浩然孫。現存詩歌五百多首，以短篇的五言古詩最多。

孟郊一生在艱苦中成長，堅持操守，耿介不阿，以耕讀自勵。

他和賈島都以苦吟著稱，又多苦語，蘇軾稱之「郊寒島瘦」，後來論者便以孟郊、賈島並稱為苦吟詩人代表，元好問甚至嘲笑他是「詩囚」。

她真心希望，所有人間的歲月都是愉快的。

或許不容易，她跟自己說：雖不能至，心嚮往之。

剛卸下新嫁衣，她就得學會伺候婆婆。她敏感的覺得，婆婆對她有成見。是因為婆婆以為她是麻雀變鳳凰？的確娘家是種田的，遠不及夫家做建築生意的發達。或許婆婆希望娶個門當戶對的媳婦進門吧？這樣的事與願違，大概讓婆婆大失所望了。

可是，為什麼不看媳婦的優點呢？她在國中教書，有一份很好的工作。不是也讓很多人羨慕的嗎？她的個性溫和，婆婆的權力因此更上層樓，這不是如婆婆所願嗎？

然而，她覺得，婆婆在她面前總是臉色不佳，說話的口氣也不好。她小心翼翼的，謹守分際，可是婆婆仍寒著一張臉，不曾有過笑容和稱讚。

有一次，她不小心摔破一個碗，婆婆大呼小叫，借題發揮，足足罵了她一個多小時。她垂著頭，立在一旁，完全不敢作聲。會不會是這樣，更助長了婆婆的氣焰呢？她不知道。

不過，只要丈夫在家，婆婆都和顏悅色，判若兩人。

然而，婆婆翻臉總是比翻書還快。尤其是在沒有第三者在場的時候。

有一天，她跟丈夫說了，丈夫完全不信：「不可能這樣的，簡直是天方夜譚。我媽夠好的，怎麼可能？」這樣堅定，不容分說，彷彿她才是一個挑撥離間的人，這教她以後哪裡敢再做任何申訴？

於是，她白天教書，回家後努力做家事，逆來順受，婆婆是天。

只是，時日久了，她覺得屬於自己的人生是一條漫漫長途，憂傷挫折不能免，有時候，自己不也像是唐．柳宗元膾炙人口的詩〈江雪〉詩中的名句：

**孤舟蓑笠翁，獨釣寒江雪。**

在孤伶伶的一條小船上，有一個披蓑衣戴斗笠的老翁，在大雪覆蓋的江面上正獨自垂釣。

他釣的是什麼呢？心中的夢？遠方的思念？……

此時，大雪紛飛，一片寂然，只怕他心中的想望，也只有天曉得了。

那麼，自己呢？在那深冷的寂寞裡，是否還能堅持「家和萬事興」，而一再的委曲求全？

每個週末，丈夫要陪客戶打高爾夫球，回家都黃昏了。週日則給家人。

那個週日中午，丈夫有飯局外出。她心想，今天恐怕難過了。果然臨上餐桌，婆婆又借題發揮，說她油鹽都放得太少，還屢勸不聽，存心讓她無菜可吃，越罵越大聲，聲聲如雷響，她不敢回應。

丈夫卻突然走了進來。

飯局臨時取消，無法事前得知，是由於客戶另有緊急要事而變卦，他回到家卻看到自己母親的盛氣凌人，沒有人知道他已經聽了多久了？在一片靜默中，他走向前，說：「媽，我們會盡快搬出去住。」

這樣的轉折，完全無法預料。或許，是上天可憐，另外給出了一條路吧。不能說那是人生的絕處，卻也給了她「逢生」的欣喜。

搬出去了，一切都可以當家作主，她精神上的壓力一夕得解。

感激丈夫願意挺她。

新住處離婆家也不算太遠，每個禮拜他們都抽空一同回去探望婆婆，婆婆身體硬朗，家事另外請了鐘點女傭來做，目前都沒有須要操心的地方，若將來婆婆身體不好，會另有安排。

沒有住在一起，婆婆對她也和顏悅色了許多。原來，人和人間，適度的距離是有必要的。距離，可以產生美感，果真如此。

人間愉快，彷彿是一個祝福，她的確真心希望這樣。

【原詩】

唐．柳宗元〈江雪〉：

千山鳥飛絕，萬徑人蹤滅。

孤舟蓑笠翁，獨釣寒江雪。

所有的山上都看不到飛鳥的影子，所有的小路也都不見人的蹤影，真有說不出來的淒寒寂寞。這時，在孤伶伶的一條小船上，有一個披蓑衣戴斗笠的老翁，在大雪覆蓋的江面上正獨自垂釣。

【詩家】

## 柳宗元（七七三～八一九）

字子厚，唐代河東郡（今山西省永濟市）人，世稱「柳河東」。二十一歲中進士。他最後的官職是柳州刺史，又被稱為「柳柳州」。

唐代著名文學家、思想家。與韓愈同為中唐古文運動的領導人物，並稱「韓柳」，為唐宋八大家之一。主張「文以明道」，「道」指的是儒、釋、道三家。他的散文多能言明事理，引出道的內容。擅寫政論、傳記、山水遊記、詩歌和寓言。

散文作品數量多，體裁多樣化，論說文剖析精闢，思理精密，詞句嚴謹；寓言小品短小精煉，形象生動，深藏諷喻，寄意深遠。

他的《永州八記》是後世遊記文學的典範。永州山水，奇麗多姿，柳宗元以敏銳的審美眼光，不僅寫出了山水的自然美，更在對山水的描寫中，融入了自己豐富的思想感情，構成情景交融、富有詩意的境界。詩多抒發個人遭貶離鄉去國的悲憤心情，也有反映田家生活的作品。寫景的詩深雋明徹，則寄託了詩人本身的性情，如〈江雪〉、〈漁翁〉等。與韋應物並稱「韋柳」，詩風也近似陶潛。

# 守著陽光

愛，從來都是生命裡的陽光。

她永遠無法忘記那可怕的一天，幾乎讓她整個人生為之翻轉。

接到丈夫因意外的交通事故而被送往醫院的消息時，她簡直不敢相信，距離兩人方才在車站的分手，也不過一個小時。

丈夫還能言語。跟她說：「就算是自己的運氣不好吧！」沒有一句抱怨之語，他的確是個宅心仁厚的人。

然而，她哪裡知道，那就是丈夫的最後一面了？

那時候，她年歲還不及四十，兩個孩子一國中一國小，都還年幼。

她的個性好，人緣佳，丈夫走後，也不是沒有人為她介紹異性朋友。可是，她毫無再婚的意願。她心裡想，在這個世界上，還會有人比丈夫待她更好的嗎？

想起股市正熱絡的那兩年，周遭的朋友都賺到了錢，她也興致勃勃，恨不得投身其間，也賺他一筆。丈夫苦勸良久：「真正能在股市中賺到錢的，其實幾乎沒有。我們是薪水階級，存錢不易，還是要多想一想。」見她全然不聽。丈夫又說：「我只是勸妳。如果妳真要買，我也沒有阻止，因為妳也有自己的薪水。」

那時，最熱門的是金融股，她因此買了一張中信銀，三十萬。開心沒幾天，股市大跌，回升無望。她才相信丈夫的話有理。也幸好只有一張，從此絕跡股市，再也不做無謂的冀望。失血，也算是微小。

有一年，身體檢查時，由於子宮有病變，怕引發癌症，她曾經做過子宮根除術，丈夫親自貼身照料月餘，無所怨悔，直到她完全康復。

她說：「手術時，我真怕自己無法醒來，之前，整天叨叨念念，彷彿在交代遺言。丈夫一直勸我不會有事的。」果然平安。顯然是她多慮了。

她的確嫁了一個很好的丈夫，人品好，又顧家。丈夫遠逝多年以後，她曾在無意間看到丈夫的日記本，丈夫竟然是如此實心實意的疼惜她！忍不住有淚如傾，難以克制。這個她「執子之手」的人，可嘆造化弄人，竟然無法「與子偕老」。

也只能怪，是自己福薄吧？

她在國中教書，工作穩定，一心拉拔孩子長大，不作他想。

她跟我說：「單親家庭的難為，在於兒女的人生帶領，少了另外一雙關懷的眼。尤其，舉凡教養、科系選擇和前程規畫，都少了一個可以信賴和商量的人。」

幸好，一切都順利過來了。

跟她走得近的同事們，不捨她的辛勞，老想要扮紅娘，為她玉成好事。

她只好明白相告：「丈夫對我太好了，這輩子，我恐怕不可能再婚了。」

想起唐．元稹的〈離思五首其四〉：

**曾經滄海難為水，除卻巫山不是雲。**

曾經觀賞過滄海的壯闊，別處的水就不值得一看了；只要看過巫山的雲，就會覺得除了巫山的雲以外，別處的雲都不算是秀麗好看的了。

謝謝朋友們多年來的好意，她的確是這麼想的。丈夫的愛如同陽光一般的溫煦，讓生命裡的寒涼不再。如此豐沛，如此盈滿，她從來不覺得匱乏。

## 【原詩】

唐．元稹〈離思五首其四〉：

曾經滄海難為水，除卻巫山不是雲。
取次花叢懶回顧，半緣修道半緣君。

曾經觀賞過滄海的壯闊，別處的水就不值得一看了；只要看過巫山的雲，就會覺得除了巫山的雲以外，別處的雲都不算是秀麗好看的了。我倉促的由花叢中走過，懶得回頭顧盼；這緣由，一半是因為修道人的清心寡慾，一半也是因為曾經擁有過的你。

【詩家】

元稹（七七九～八三一）

字微之，年幼時喪父，隨母親依倚舅族。二十五歲與白居易同科及第，結為終生詩友。受到宰相裴垍賞識，任監察御史，因得罪宦官權貴遭貶。後歷任通州司馬、虢州長史、御史大夫與尚書左丞等職。著有《元氏長慶集》。

詩作風格平易，與白居易齊名，風格相近，合稱「元白體」，同為「新樂府運動」的倡導者。元稹詩作流傳廣泛，詩名頗盛，白居易〈河南元公墓誌銘〉曾曰：「（稹）尤工詩，在翰林時，穆宗前後索詩數百篇，命左右諷詠，宮中呼為『元才子』，自六宮兩都八方至南蠻東夷國，皆寫傳之。每一章一句出，無脛而走，疾下珠玉。」在詩歌形式上，宋朝嚴羽於《滄浪詩話．詩評》曾曰：「古人酬唱不次韻，此風始盛於元、白，皮、陸。」

# 老榕樹

當年我們住的社區裡，有一棵老榕樹。很老很老了，長滿了鬍鬚，應該不只百歲了吧？

我們搬離那兒也已經很久了，常在夢中見到那棵老榕樹。

有一天，老同學特地電話相告：「老榕樹死了。」語氣裡滿是痛惜和不捨。「上次，他們在樹的四周，用水泥封地，我就知道，這不能呼吸的老榕樹遲早不保。」

老同學是畫家，對大自然一花一木的感情必然比我們更深。

從我有記憶起，那棵老榕樹就站在總辦公廳的對面，中間隔著一條小馬路，路樹是樟，有著細碎的碧綠葉子。老榕樹在招待所的側邊，鄰近網球場，還有成排的大王椰相伴，風光殊麗。小時候，我們也常晃到這兒來，甚至利用空地學騎腳踏車呢。

年少的回憶如詩，帶著溫暖和甜蜜，讓人時時想起。

可是，老榕樹卻是回憶版圖中難忘的地標。如今竟已枯亡，不見了蹤影。

那種感覺很奇特，彷彿讓人無法置信。怎麼可能這樣呢？不是該長長久久，屹立不搖的嗎？

也許，世間根本沒有所謂的「永恆」，冀望永恆，不過是我們的癡心妄想罷了。試想，所有的生物又有誰能逃躲成住壞空的流轉呢？

於是，最愛我們的父母遲早都會離我們而遠去，加以人生的無常，我們能真正擁有的不多。想到因緣的來去，或許，活在當下，凡事感恩，才是我們最該做的吧。

樹也有生老病死，凡軀的我們更無法躲避。以善意來看待一切，處處與人為善，存好心，說好話，做好事，我但願能做到這樣，或許也就不會有太多的憾恨了。

一轉眼，我也走到了人生的秋天，想起許渾有一首〈秋思〉的詩，其中有這樣的兩句：

## 高歌一曲掩明鏡，昨日少年今白頭。

當年曾放懷高歌，如今卻掩著明鏡不敢看自己的容顏，昨日曾是翩翩少年，今朝已是白髮滿頭。

秋日清爽，宜於旅遊；然而，人生的秋天呢？韶華已逝，心中不免有著幾分惆悵……

最近，好朋友兒子離職赴非旅遊近月，回來以後，又忙著參加烘焙班，早出晚歸，遲遲沒去找工作，讓好朋友內心嘀咕不已，曾在我的面前抱怨多次。後來甚至發現，兒子赴非也是為了去買烘焙的材料。我力勸她暫且寬心，就放手讓他去追逐夢想吧。為什麼要橫加阻攔呢？單身，還年輕，有夢最美。不是這樣嗎？

或許，從來務實，沒有夢想或夢想早已遺落的老媽恐怕是無法了解築夢過程的歡喜。但請不要阻止兒子，尋夢築夢也要及早。如果不曾圓夢，心中多少也會有遺憾吧。

其實，細想來，兒女也像樹，要成長，要茁壯，也有屬於自己必須承擔的風霜雨雪。

只是，我的好朋友能夠理解這些嗎？人的一生工作的歲月何其漫長，能有一小段時間做自己喜歡的事，又怎能算是太過呢。

想到老榕樹依舊未能終享天年，我的心裡仍有幾分傷悲。樹的生命比人長久，猶不免如此。那麼，只要我們安守本分，有夢想可供追逐，也是人生樂事。

【原詩】

唐．許渾〈秋思〉：

琪樹西風枕簟秋，楚雲湘水憶同遊。

高歌一曲掩明鏡，昨日少年今白頭。

琪樹的柔條在西風中搖曳，秋日的涼意已經上了枕席，還記得吳楚湘鄂的雲山江水，曾與好友們一起賞遊。當年曾放懷高歌，如今卻掩著明鏡不敢看自己的容顏，昨日曾是翩翩少年，今朝已是白髮滿頭。

## 【詩家】

### 許渾（七九一～八五八）

字用晦，為武后朝宰相許圉師的六世孫。先後擔任當塗尉、太平縣令。後擔任監察御史，因病乞歸。後復出仕，歷任州司馬、刺使等職。晚年退隱，居丹陽丁卯橋，自編詩集，為《丁卯集》。

其詩作體裁多為律詩與絕句，句法圓穩工整，清代文學家田雯《古歡堂集．雜著》曾評曰：「聲律之熟，無如渾者」，著名詩人杜牧、韋莊以及宋代陸游皆極其推崇。《全唐詩》收其詩十一卷，存詩五百餘首。

# 對一切心懷感激

你是否長懷感激的心呢？

人間行路有太多的憂傷挫折，沒有誰能時時順遂，當心想事成時，固然要感激；即使傷悲和挫敗來到，也要學會平靜接受。

我有個朋友家庭事業兩皆得意，是極其少有的「幸運者」，人人都對他表示羡慕，他感激了嗎？沒有。

他說：「我以為，這一切當然都是我應得的，因為我夠努力。」他振振有詞：「難道不是嗎？」

的確，他非常用功，也真的是全力以赴。然而，也有人焚膏繼晷絕不輸他，可是卻得面對諸多的阻礙和挫敗，結果竟然和成功絕緣。這又該如何解釋呢？

他對此事嗤之以鼻。

很多年以後，他在事業上遇到了危機，公司險險就被併購，大吃小，這種事在業界也時有所聞，可是他太篤定了，以為事情的發展不可能波及到他，其實，在商言商，對方只要有利可圖，又有什麼不可能呢？也幸好後來由於他的處置得宜，快速脫手。雖然還是損失了很多，幸運的是並未動搖根本。

摔了這樣的一個大筋斗，也讓他痛定思痛，終究明白：「天外有天，人外有人。」一掃過往的神氣活現，態度明顯謙和了許多。我們認為，這對他，也未嘗不是一件好事。

我曾在書上讀過這樣的話語：「懷恩報恩，恩相續，飲水思源，源不絕。」的確是值得我們深思的佳言美句。能懷感激之心，會帶來善的循環；時時不忘別人的美意，也讓我們生活的周遭變得更好。

想起唐．杜牧有詩〈汴河阻凍〉，這麼寫著：

**浮生恰似冰底水，日夜東流人不知。**

浮生無常，就像那冰河下面的流水，日夜不停的向東流去，人們卻絲毫無所警覺。

我總是相信，事若能成，其間必有旁人的扶持和上天的美意。我個人固然認真以赴，際遇卻遠在我的掌控之外。

人生中，所有的相遇，無論人和事，也無論所遭逢的是好或壞，都是學習的契機。平順的境遇要感激，因為不是人人都能有這般的順遂。坎坷的境遇也要感激，所有的挫敗和打擊都堅忍了我們的心志，也讓我們因此學得更多，更知道謙虛的必要。

是的，要對今生所遇的一切都懷抱著感激之情。感激上天的成全，讓事情順利圓滿，也讓美夢得以成真。感激上天的考驗，處處窒礙也提供了學習的機會，更給了珍貴的經驗，那也是一種祝福。

【原詩】

唐．杜牧〈汴河阻凍〉：

千里長河初凍時，玉珂瑤珮響參差。
浮生恰似冰底水，日夜東流人不知。

千里的汴河剛開始凍結時，我的行程也因此受到了阻礙，我騎著馬到了河邊竟發現無法引渡，那馬勒上玉珂，衣帶旁的瑤珮，在朔風中發出洞簫般的音響。唉，浮生無常，就像那冰河下面的流水，日夜不停的向東流去，人們卻絲毫無所警覺。

## 【詩家】

### 杜牧（八〇三～八五二）

字牧之，號樊川。出身於顯赫的官宦世家，祖父杜佑曾任宰相。少年時期已展現其文學才華與政治抱負，博通經史的他尤其關注治亂與軍事，二十三歲時寫下著名的諷刺時事之作〈阿房宮賦〉，二十五歲作長篇五言古詩〈感懷詩〉，表達對藩鎮問題之見。二十六歲考中進士，授弘文館校書郎職，最終官居中書舍人（中書省別名紫微省），人稱「杜紫微」。晚年居長安南樊川，後世稱「杜樊川」，著有《樊川文集》。

詩文皆擅長，在唐朝並不多見，清代洪亮吉評曰：「有唐一代，詩文兼擅者，惟韓柳小杜三家。」杜牧的長篇五言古詩風格強勁有力，也擅長七律，是晚唐時期最擅長七律的詩人之一。其絕句詩作語言清麗，情韻綿長，在藝術上別具一格，為後人所推崇。時人稱其為「小杜」，以別於杜甫；又與李商隱齊名，人稱「小李杜」。清代管世銘《讀雪山房唐詩序例》曾評：「杜紫微天才橫逸，有太白之風，而時出入於夢得。七言絕句一體，殆尤專長。」明朝楊慎《升庵詩話》曾評：「（杜牧）詩豪而豔、宕而麗，於律詩中特寓拗峭，以矯時弊。」

# 相遇在最好的年華

在我們的一生中，什麼時候會是最好的年華呢？

天真無邪的童年嗎？還是青春飛揚的少年？或是追逐夢想、掌聲響起的盛年？……

年少時，曾經我們都在最好的年華相遇，在課堂上，在校園裡。彼時正處青春，歌聲笑語不歇，當驪歌輕唱，我們揮手互道珍重，從此人各天涯。

再回首，心中無比惆悵，到底我們惦記的是友誼，還是那再也無法重返的青春年月呢？

細細的想，其實所有的相遇都在最好的年華，你能比那時更年輕、好奇、有活力嗎？往後，都將一日比一日老去，心境上，只怕更是。相遇，而沒有錯失，難道不是最為美好的嗎？那是上天的恩寵，值得格外珍惜。

然而，相遇是緣，緣來不免有早晚之別，還有深淺之分。

我跟好朋友相遇在研究所進修時，那時我們都在職場上工作好幾年了。為此，她常不勝惋惜的跟我說：「我們實在認識得太晚了！」每次我都回說：「認識了，就不晚了。」歲月悠悠，今年距離我們相識，都超過三十五年了。

我們的確性情相似，因此成了今生的知己。兩個人都夠努力，她從新聞跨行到醫學，表現得可圈可點，我則成了作家，年年出書。

很高興能相遇在最好的年華，想到此，我總是忍不住要微笑起來。

只是她長年定居國外，讓我不免惦念和記掛，不知她何時能回臺長留？

我想起了唐．李商隱在〈夜雨寄北〉中的名句：

**何當共剪西窗燭，卻話巴山夜雨時？**

哪一天，才能和你一起坐在西窗下剪燭談心，重談今晚巴山夜雨的情景。

從別後，憶相逢，但願夢能成真。

【原詩】

李商隱〈夜雨寄北〉：

**君問歸期未有期，巴山夜雨漲秋池。**

**何當共剪西窗燭，卻話巴山夜雨時？**

你問我的歸期在何時，然而，還沒有確定呢。今晚巴山一帶正下著雨，池塘裡漲滿了秋水。哪一天，才能和你一起坐在西窗下剪燭談心，重談今晚巴山夜雨的情景。

## 【詩家】

### 李商隱（八一三～八五八）

字義山，號玉谿生、樊南生。和杜牧合稱「小李杜」，與溫庭筠合稱為「溫李」。早年生活貧苦，青年時期因文才受到牛黨要員令狐處的賞識，引薦他為節度巡官，並教他駢文寫作，然因涉入牛李爭鬥災禍，仕途並不順利。不幸的個人際遇加上憂時傷國的情懷，化為創作，成就了他的文學地位。

許多評論家認為，在唐朝的優秀詩人中，其重要性僅次於杜甫、李白、王維等人，常被視為晚唐最傑出的詩人。鮮明的個人風格，對後世有極大的影響力。晚唐與宋代皆有不少詩人學習他的詩風。

擅長七律、五言排律，七絕也有不少佳作。詩作詞藻華麗，音韻優美，擅長描寫細膩的感情。風格受李賀影響頗深，在句法結構上則受杜甫與韓愈的影響。經常用典，喜用各種象徵、比興手法。因一生於政治爭鬥與戀愛苦痛裡糾纏，性格抑鬱傷感，作品大半借託史事懷古傷今，具諷刺意味。愛情詩風格清麗，其中以〈無題〉為代表的詩歌表達撲朔迷離又婉轉的感情，被視為他愛情世界豐富的體驗。

宋代葉夢得《石林詩話》云：「唐人學老杜，為商隱一人而已；雖未盡造其妙，然精密華麗，亦自得彷彿。」清代詩人葉燮於《原詩》中評李商隱的七絕「寄託深而措辭婉，實可空百代無其匹也。」

# 釋懷

回首過往，宛如夢寐，還有什麼放不下的嗎？
如果雲淡風輕，釋然於懷，才真正放下了心中的重負。
此刻，她已經逐漸走向了人生的黃昏。
一轉眼，竟然看到了晚霞滿天，黃昏近了，心中能不惆悵？
再讀唐朝李商隱的〈樂遊原〉，尤其是這詩的後半，更是別有情懷。

**夕陽無限好，只是近黃昏。**

這時夕陽斜照，風光無限美好，可是已是黃昏，美景轉眼就要逝去了。

多少良辰美景轉眼消逝，生命短暫飄忽，卻也令人眷戀不捨，世間繁華終究要落盡，留下的又會是什麼呢？

在自己的這一生中，丈夫頭角崢嶸，事業發達，兒女個個傑出，而且孝順，真的，不能再苛求了。

多年來，她每每想起小六的級任老師時，都覺得那是一場噩夢。

她家原本住在高雄的鄉下，也就順理成章讀了當地的小學。學校的生活愉快，老師疼惜，同學友愛，日子就像如歌的行板。

她從來不曉得，這樣的日子有一天會變調。

那年，要升小六時，就在父親的堅持下，她從鄉間的小學，轉到都會區讀書。那時候的初中是需要入學考試的，人人都想進入好學校，競爭尤其激烈。父親覺得城鄉是有教育水準上的差距，為了她的前途著想，應該轉到一個更好的學校，聯考的勝算必然大為增多。

畢竟父親是疼愛她的，而她年少，當然聽從父親的安排。

在鄉下的小學，她一直名列前茅，轉學以後，日子變得難過多了。她察覺老師明顯的不喜歡她。她常被打，不是功課不好，而是老師要求她要更好。

有一次，模擬考試，老師算錯分數，隔了好幾天，她才去跟老師說，老師發現她應該名列全校第二，立刻大怒，怪她沒有及時報告，痛打了她一頓，狀若歇斯底里。如果她能校排第二，老師的聲望也會跟著水漲船高，彷彿一切都被她搞砸了，可是她何其無辜，也不過十二歲，又哪知大人世界的複雜。

她經常挨打，甚至被盛怒的老師拿頭去撞牆，她從來不敢跟父母說，也不敢要求轉回鄉下，因為那太去臉了。

終於考上初中了，也的確是第一志願的學校。

讀初中不久，有一次，在路上居然碰到老師。老師一下就叫出了她的名字，似乎還頗為熱絡；她卻嚇壞了，立刻拔腿狂奔，反應竟然是這樣……

後來，她長大了，她做事了，歷練也跟著多了。歲月如流，紅塵悲歡，她開始學佛、念佛。

她懂得了感恩。

當年老師對她的嚴厲、不假辭色，或許只是「愛之深，責之切」。那樣的恨鐵不成鋼，有如疾風驟雨，怒目金剛，也是一種教導吧，讓她明白，事事不能盡如人意。她唯有謙卑。

再回首時，她終於釋懷了，並感謝老師給自己的磨練，讓心靈也變得更堅強。

## 【原詩】

唐．李商隱〈樂遊原〉：

向晚意不適，驅車登古原。
夕陽無限好，只是近黃昏。

臨近傍晚時，但覺心情煩悶，就駕車去樂遊原閒逛，這時夕陽斜照，風光無限美好，可是已是黃昏，美景轉眼就要逝去了。

# 莫忘初心

在婚姻裡，雙方能同心協力，最是佳偶，那是上天的恩寵，成就了美滿的姻緣。

然而，這麼幸運的人兒不多，大半的人都在不斷的磨合裡，逐漸找出了彼此能接受的模式，然後相伴走完未來的漫漫長途。當然，也有那爭吵不斷，憤怒、怨懟、委屈、眼淚交織；更糟的是，心不在了，各自有所發展。當見異思遷，有外人介入時，婚姻已經岌岌可危，破裂就在眼前了。

無論吵得再凶，言語的砲火四射，人在生氣時哪有好話？可是，此時最不宜輕易說出的是「離婚」二字。

就怕雙方失去理性，當一方脫口而出「離婚」時，另一方竟然負氣的說：「是你說的，離就離！」

居然讓事情陷入絕境，更加棘手，若要回頭，只怕就更困難了。

離婚，是現有狀況的全面摧毀，對雙方都有傷害，有誰是贏家呢？真是看不出來。無辜的是兒女，也許終生都帶著陰影，甚至影響了往後的人際、婚姻和人生。

當雙方劍拔弩張時，最好要有人緊急剎車，保持緘默，或暫且離開，以免讓情形變得更加不可收拾。

哪有什麼深仇大恨呢？多半只是一時的情緒失控而已。

我記起唐．羅隱〈自遣〉中的名句：

**今朝有酒今朝醉，明日愁來明日愁。**

今天有酒喝就喝醉了吧，明天有憂愁也是明天的事情。

其中，也有一種豁達吧？

不必拿著雞毛當令箭，家，哪裡是講理的地方呢？

我的朋友結婚二十年了，她跟我說：「我盡量不跟丈夫吵架，除非是想要離婚。既然不想離婚，那就不要吵。」

我常想起她的話，也的確言之有理。

可是能這樣理性看待婚姻的，或許也不多吧。

越吵，雙方的情分也越薄。真的走不下去了嗎？打算分道揚鑣了嗎？

當年，不也是兩情相悅才共結連理的嗎？可是，婚姻在現實生活的磨損裡，光華日減，當年的初心，難道都被遺忘了？

有人願意回頭，重新補綴破損的婚姻，若雙方都有誠意，或許還能以喜劇收場，也讓原本風雨飄搖的家，有機會逐漸穩固下來，算是很幸運的。萬一，覆水難收，恐怕只有分手一途了。

真的願意走到這樣的地步嗎？

言語要謹慎，話出如風，難以追回，如果留下的是彼此的傷害，有多麼的憾恨。

【原詩】

唐．羅隱〈自遣〉：

得即高歌失即休，多愁多恨亦悠悠。
今朝有酒今朝醉，明日愁來明日愁。

有所得時即縱聲高歌，有所失時也就無所謂了，縱有太多的愁、太多的恨也都拋在腦外，照樣悠閒自得，今天有酒喝就喝醉了吧，明天有憂愁的事情也屬於明天了。

【詩家】

羅隱（八三三～九一〇）

唐朝文學家。字昭諫，號江東生。餘杭（今浙江省杭州市）人，一作新登（即新城，今浙江桐廬）人，本名橫，二十歲應進士舉，十次不中，遂改名羅隱。

著有《甲乙集》、《淮南寓言》、《讒書》及《太平兩同書》等，思想屬於道家。

《唐才子傳》說他「詩文凡以譏刺為主，雖荒祠木偶，莫能免者」，其詩風在晚唐屬於淺易明暢一派，善於提煉民間口語，讀來有如白話。沈崧在《羅給事墓誌》說羅隱「齠年夙慧，稚齒能文」，長大後「泉涌詞源，雲橫筆陣」、「名宣寓縣，譽播寰區」。民間傳說羅隱出口成讖，言出必應，「討飯骨頭皇帝口」。

# 送別

一早起來，就看到年少時教過我英語的老師辭世的消息。

一整天，我都非常哀傷。走來走去，卻什麼事都不能做。

老師定居加拿大，去國離鄉都超過半個世紀了。她說，年輕時，最想成為作家和畫家。

其實，後來她是畫家，美夢還是成真了。幾人能夠這樣？

老師在二〇一四年三月得了肺癌第四期，病情已然嚴重，不可能手術，於是開始接受每三週一次的化療，整整兩年了。老師說，有一種新藥問世，她符合資格使用。哪知才過了幾個月，病情急轉直下，終究撒手人寰。

幸好在今年五月，我還跟老師傳過幾次伊媚兒，當時就覺得老師的情形似乎不好，我寄了一個禮物包裹給老師，還請託了老同學專程回當年老師的舊居地，拍了一整張光碟送給老師，我很慶幸我們曾經做了這些，老師都看到了，也很高興。

當年老師住在一個美麗寬闊，花木扶疏的日式大房子裡，曲徑通幽，宛如夢境。老師曾說：「現在，我有時候，跟孫輩們講那棟日本式房子，都好思念卻無法形容。」我想：有了那張光碟，有圖，有證明，老師說起來就很容易了。人人都說臺北的紀州庵很美，在我只覺得尋常。那是因為我成長的歲月住的都是糖廠宿舍，幽靜美麗，日式房子多，天天看，也就不以為稀奇了。

老師教我們時還很年輕，才剛大學畢業，是在如花的歲月。如今植根異鄉，心還是飄泊的吧？終至花葉離枝，飄零在大地的胸膛。

生病是苦，尤其是重症，何其艱難！

如今，老師已經擺脫了病弱軀體的桎梏，相信靈魂一定可以更加自由，哪裡都去得了。相信也能飛越萬水千山，再一次凝視很年輕時所曾住過日式房舍和它的花園亭臺樓閣，那個埋藏在記憶深處、思念不能忘的美好居所。

會不會再一次領會唐．張泌〈寄人〉中的名句：

**多情只有春庭月，猶為離人照落花。**

只有庭前的春月最是多情，還在為離別的人臨照著落花。
老師的心中一定會有許多溫柔湧現，彷彿看到了無數年輕時候的繁華美景，伴隨著那些繽紛難忘的記憶，還有難以言說的屬於青春的惆悵吧？
親愛的老師，如今您已然遠逝，願您一路好走。

【原詩】

唐．張泌〈寄人〉：

別夢依依到謝家，小廊回合曲闌斜。
多情只有春庭月，猶為離人照落花。

離別後在夢中依依來到謝家，徘徊在小迴廊闌干底下。只有庭前的春月最是多情，還在為離別的人臨照著落花。

## 【詩家】

### 張泌

生卒年不詳。字子澄，一說為晚唐詩人張泌，一說為南唐詞人張泌，孫光憲《北夢瑣言》中記載張曙的〈浣溪沙〉與張泌的〈浣溪沙〉只差兩個字，這些皆待考證。唐末曾登進士第，南唐時任句容縣尉，歷任監察御史、考功員外郎，累官至內史舍人。是花間詞派的代表人物之一，用字工煉，描繪細膩，章法巧妙，風格清麗。

清代詞人況周頤曰：「張子澄詞，其佳者能蘊藉有韻致。」

近代文人李冰若評：「張子澄詞介乎溫、韋之間，而與韋最近。」

# 琹心涵語

◎那紛紛飄墜的花瓣，彷彿是一場花雨。迷迷濛濛，輕愁也如夢，終究是我那未曾說出口的紅塵心事。

◎雲淡風輕的心情是歡愉的。因為心頭再也沒有罣礙，所有的俗事已然遠去，只留下一片澄澈，可以照見天光雲影，心境上一派日麗風和。

◎天上飄浮的雲朵，倒映在澄澈的潭水中，每天看來都是一樣的悠然；可是，世上人事景物的更換，天上星辰歲時的挪移，已不知經歷過多少個秋天了。

◎能如此悠然自得，沒有罣礙，應該是來自於胸襟的曠達，才能有超然於物外之趣，領會了處處都有好風景的佳妙。

◎必然曾經有過多少的歷練和打擊，是堅持走過艱險，放下了心中的執念，對天地萬物，時時懷有感恩之情，才能「行到水窮處，坐看雲起時」吧。

◎人生的大限就要來到，名利從來就帶不走，生命即將殞滅，那麼，能原諒就原諒，能遺忘就遺忘吧。

◎別後重逢，言笑晏晏，這是生命中最讓人流連的時光。

◎你想過嗎？讓自己成為獨一無二的名牌，行銷全世界？真的，在這個世界上，並不是所有發光發亮的東西都是鑽石，但是，我們可以努力讓自己的生命發光發亮，讓自己成為燦爛奪目，甚至是絕無僅有的大鑽石！

◎清清泉水，那鮮潔清澈的水流，讓人喜愛，忍不住徘徊流連。那麼，人心中的每一個善念，不也是清澈而無雜質的嗎？善念的萌發，是珍貴的，值得護持。

◎韶華不為少年留，青春總有盡頭，而且很快就要逝去，尤其在回首時，多麼怕只剩下一聲嘆息！

◎不要只仗恃早晨花開時繁盛的那一刻，你看它黃昏時的凋零又是何等的淒涼！

◎珍惜韶光，歲月匆忙的腳步，從來不會長久停留，更不會為誰而停留。

◎愛如同陽光一般的溫煦，讓生命裡的寒涼不再。如此豐沛，如此盈滿。

◎世間根本沒有所謂的「永恆」，冀望永恆，不過是我們的癡心妄想罷了。試想，所有的生物又有誰能逃躲成住壞空的流轉呢？

◎當年曾放懷高歌，如今卻掩著明鏡不敢看自己的容顏，昨日曾是翩翩少年，今朝已是白髮滿頭。

◎細想來，兒女也像樹，要成長，要茁壯，也有屬於自己必須承擔的風霜雨雪。

◎人間行路有太多的憂傷挫折，沒有誰能時時順遂，當心想事成時，固然要感激；即使傷悲和挫敗來到，也要學會平靜接受。

◎其實所有的相遇都在最好的年華，你能比那時更年輕、好奇、有活力嗎？往後，都將一日比一日老去，心境上，只怕更是。相遇，而沒有錯失，難道不是最為美好的嗎？那是上天的恩寵，值得格外珍惜。

◎多少良辰美景轉眼消逝，生命短暫飄忽，卻也令人眷戀不捨，世間繁華終究要落盡，留下的又會是什麼呢？

# 卷三——柳暗花明

宋代

春將過，花將落，
我的一生，又能遇上幾次賞花的清明？
願歲月靜好，
花常開，人長在。

# 黃昏的窗口

太陽已斜，我倚在黃昏的窗口，看著滿天的落霞餘暉。

只因為李商隱的「夕陽無限好，只是近黃昏」的美好詩句至今猶傳唱不絕。然而，這詩句些微帶有感傷之意，有人改為「但得夕陽無限好，何須惆悵近黃昏。」有著幾分勸解之心，我毋寧更喜歡「雖是近黃昏，夕陽無限好」的讀來豁達開朗，彷彿處處仍見佳景，另有一種寬心自在。

喜歡清晨，那是一日的初始，充滿了朝氣和生趣。帶著初生之犢的勇敢，無畏的往前邁去。摩拳擦掌，清晨，是準備大顯身手的時刻。年少的歲月宛如清晨，可以探索可以好奇可以前行……盛年的時光如日中天，是揚名立萬的好時機，全世界都是自己的舞臺。

如今，我們逐漸的走到了人生的黃昏，有多少事欲說還休，功名利祿雖未必如塵土，卻也有如過眼雲煙，哪裡值得縈繞於懷呢？

宋．晏殊在〈寓意〉詩中，有這樣的名句：

**梨花院落溶溶月，柳絮池塘淡淡風。**

院落裡，梨花沐浴在如水一般的月光之中；池塘邊，陣陣微風吹來，柳絮在空中不停的飛舞。

這是寫景的名詩，清美而寂寞的庭院，多麼惹人惆悵！也許詩人懷抱著這般的情懷，於是觸目所見，無一不更添蕭索了。

倚在黃昏的窗口，你想起什麼呢？

我其實是不懂得老年人的心理的。當爸媽走在人生的黃昏，他們都在想些什麼呢？日漸敗壞的軀體，為什麼不曾聽到他們抱怨呢？

好朋友說：「因為說了，兒女也未必能理解，所以就不說了。」

真的是這樣嗎？

或者是，「兒女都太忙了。怕兒女們煩心，於是寧可不說。」

是這樣的嗎？

當我的生命逐步向著黃昏靠攏時，感激父母當年體貼的心意，可是為什麼不說呢？於是，當黃昏來臨時，我們也終於恍然。對已然遠逝的父母，我們有不捨，也有心疼。

一代又一代的長者，有些也可能選擇緘默，不願意增添晚輩的負擔，只是一種體貼的心意，或許也無所謂對和錯吧。

黃昏已臨，還是先欣賞這絕美的景色吧，美麗從來無法久留，黃昏的美景倏忽就要逝去，黑夜即將全面席捲而至了。我在靜默裡無言。安然的接受所有生命的歷練，一無怨尤。

【原詩】

宋．晏殊〈寓意〉：

油壁香車不再逢，峽雲無跡任西東。梨花院落溶溶月，柳絮池塘淡淡風。
幾日寂寥傷酒後，一番蕭索禁煙中。魚書欲寄何由達？水遠山長處處同。

乘坐在華麗馬車中的她不再有機緣相逢了，就像巫山朝雲東飄西盪，行蹤難覓。院落裡，梨花沐浴在如水一般的月光之中；池塘邊，陣陣微風吹來，柳絮在空中不停的飛舞。多少天寂寥中喝下過多的酒，內心更覺蕭索，偏又在這寒食禁煙日中。寫好的書信又能寄往何處去呢？水遠山長，一片迷濛，處處都是相同的啊。

## 【詩家】

### 晏殊（九九一～一〇五五）

字叔同。從小就以「神童」聞名，可見聰慧。曾蒙宋真宗召見於朝廷當場考試，晏殊援筆立就，於是賜同進士出身。之後官場一路順遂，於宋仁宗時期官至宰相高位。宋朝名士范仲淹、孔道輔、韓琦、歐陽修等皆出其門。

由於仕途顯達，所以晏殊一生的藝術生活可以說是由詩酒所構成。詞受馮延巳影響很深，所流傳的《珠玉詞》大多是佳會宴遊之餘的吟詠，並未擺脫五代婉麗詞風的窠臼。晏殊的詞最可取的是語句造詞的工麗，許多名句雖然都是經過刻意構思，卻又十分自然，讀來含情淒婉，音調和諧。

宋史本傳稱其作品：「文章贍麗，詩閒雅有情思。」

南宋王灼《碧雞漫志》曰：「晏元獻公長短句，風流蘊藉，一時莫及，而溫潤秀潔，亦無其比。」

清朝《四庫提要》云：「殊賦性剛峻，而語特婉麗。」

# 人不輕狂枉少年？

我懷疑，她當年那樣匆促的一個決定，竟然讓往後的人生全然改觀。午夜夢迴時，她後悔過嗎？

也可以說，是因為情傷所帶來的心灰意冷吧，她的人生因此和我們大不同，相形之下，我們都太平凡了。

她從來會念書，功課一向很好，一路過關斬將，大學時，果然不負眾望，讀的是第一志願的大學經濟系。

大學也畢業了，做了兩年事，覺得不過爾爾，日久有點兒不帶勁。偏偏這時交往了五年多的男友避不見面，還說要分手。她捨不得，哭泣流淚，苦苦哀求，拖了一年多，還是分了。情傷太重，幾乎讓她死去，或許死去還痛快一些。她行屍走肉的活著。心灰意冷之餘，在一個偶然的機緣裡，認識了一對在瑞典開餐館的夫婦，那先生說，可以帶她去瑞典。她就跟去了。素昧平生，在我們聽起來，簡直匪夷所思。她還真的是下了這樣的決定呢。

簡直像是破釜沉舟。

那位餐館先生將她安排了住處，是否有曖昧？或另有居心？不得而知。於是，她先到餐館打工，不多久，就被逮捕了。因為非法打工。她一問三不知，瑞典文，沒讀過，瑞典語，沒學過。那位餐館先生也沒出現，放任她自生自滅。關了幾天，毫無進展，有個小警察看她可憐，私下放了她。

這下子，她只好流落街頭，不多久，被個瑞典人「撿」了去。

那瑞典人倒是個好人，兩人一起生活，總算安定。她回到學校讀書，學瑞典語文，一階一階讀上去，還努力研讀瑞典文學，甚至，拿了碩士學位，也找到了還不錯的工作。

一轉眼，幾十年的歲月過去了。他們也早已結婚多年但沒有孩子，直到丈夫生病死後，她曾經想要回到臺灣定居，可是，父母已經遠逝，姊姊早歿，哥哥是個影評人，表明沒有能力照應她。如果她回臺灣，則須自立自強。以社會福利來說，瑞典好太多了，只是離鄉背井，距離家園太遠。年輕時，流浪歲月縱使未必美如詩篇，但是體力好，禁受得住種種折騰；如今快要接近年老了，卻只渴望落葉歸根。

那樣的心情，也會有幾分宋．歐陽修的〈春日西湖寄謝法曹歌〉中所寫的：

**異鄉物態與人殊，唯有東風舊相識。**

異鄉的各種人情風物都和故園相差太多，只有那陣陣的東風，是往日所相知熟識的。

飄泊異鄉，多的是孤獨與寂寞。年歲日大，對家鄉親友的思念與懷想也更加的深刻。

可是，依舊另有一些考量，朋友們勸她：「還是須要仔細斟酌，不宜躁進。」畢竟關係著她晚年的生活。

想起她早歲時的飄泊，去國離鄉，舉目無親，還得重新學習另一種語文，說聰慧也是，說背水一戰也是，成績有目共睹，真令人佩服。

我想，年少輕狂，不也可以作為她前期人生的注解嗎？

至於我們，過的是平淡、平實卻也平凡的人生。的確，沒有高潮迭起，但也安穩順遂，我以為，那也是一種幸福，值得衷心感恩。

## 【原詩】

宋．歐陽修〈春日西湖寄謝法曹歌〉：

西湖春色歸，春水綠於染。群芳爛不收，東風落如糝。
參軍春思亂如雲，白髮題詩愁送春。遙知湖上一樽酒，能憶天涯萬里人。
萬里思春尚有情，忽逢春至客心驚。雪消門外千山綠，花發江邊二月晴。
少年把酒逢春色，今日逢春頭已白。異鄉物態與人殊，唯有東風舊相識。

春天已經到來，西湖春景美不勝收。春水碧綠，如同新染出的織物。花朵繁密燦爛，東風吹來，細碎的花瓣落滿一地，點點如糝。謝伯初春日的思緒無邊無際，如天邊的浮雲；他題下詩歌，送走春天。從他的詩歌裡，我知道他在湖上泛舟飲酒；舉起酒杯時，還思念著萬里之外的我這個流落天涯的友人。我在萬里之外，同樣多情的盼望著春天的到來。然而一旦春天真的來到夷陵，這時序的匆匆變換，又不由得讓他悚然心驚。城門外峰巒連綿，山上的積雪剛剛融解，草木發芽，山色轉綠。江邊的野花也紛紛開放，一派春晴景象。每當春天降臨，不肯白白辜負春光，便舉杯痛飲美酒，欣賞這無邊的春色。而今，又一個春天來臨了。春天還是那個少年時期舉杯欣賞的春天，人卻已經白髮蒼蒼，再也不是少年，也再沒有昔日的豪情逸興。異鄉的各種人情風物都和故園相差太多，只有那陣陣的東風，是往日所相知熟識的。

## 【詩家】

## 歐陽修（一〇〇七～一〇七二）

字永叔，自號醉翁，晚號六一居士，有《六一詞》傳世。是北宋詩文革新運動的領袖，為唐宋八大家之一。蘇洵父子、曾鞏、王安石皆出其門下。在散文、詩、詞方面都卓有成就。

為人勤學聰穎，宋仁宗天聖年間中進士，官至翰林學士、樞密副使、參知政事。一生著述繁富，成就卓越。不僅善於作詩，且時有新見，著《六一詩話》論詩，是中國文學史上第一部詩話，為當時與後世的詩作，產生了很大的影響。

詩作風格與其散文近似，語言流暢自然。詩作在藝術上主要受韓愈影響，學習韓愈「以文為詩」，多數詩作為官場應酬、親友贈答類別，部分詩作沉鬱頓挫，結合敘事、議論與抒情，揭露社會黑暗，也有些詩作為詠物寫景，風格清麗俊美。

蘇軾為歐陽修〈居士集〉作序曾評他：「論大道似韓愈，論本似陸贄，紀事似司馬遷，詩賦似李白。」宋朝曾慥《樂府雅詞》序：「歐陽公一代儒宗，風流自命。詞章窈眇，世所矜式。乃小人或作豔曲，謬為公詞。」

# 鞭炮聲中慶春節

當我們年少時，春節是我們引領而盼的「偉大」日子。

一年中的任何一個節日都遠不及春節的豐富和歡樂。除夕夜，歡天喜地拿到的壓歲錢，只存放一夜，第二天一早就喜孜孜的拿去買東西，有鞭炮、吃食、玩具……一下子就都花光了。媽媽笑著說：「你們跟錢有仇嗎？這樣著急的花掉，好像鈔票著火了呢。」可是她並沒有責罵我們，因為舊曆年節是不時興打罵小孩的。得到這樣的「豁免」，我們更可以盡興的玩鬧。新的春聯早在除夕就貼齊整了，除舊布新，家家都一樣新氣象。雖然每家春聯上的字句都未必相同，期許和祝福的心意卻都同樣熾盛。

由於我們住的是糖廠的廠區宿舍，都是爸爸的同事和他們的家眷，平日就相熟。春節時，我們還跟著爸媽去參加廠區的團拜，恭喜之聲不絕於耳，我們孩子則忙著拿大把的糖果和橘子，鬧哄哄的，結束後，我們就到遊樂場去蹓躂，或參加歌唱，或去騎馬……聽到鞭炮聲響，我們更要去湊熱鬧，男生比較愛，女生則又叫又跳，就怕被鞭炮傷到。

妹妹更有趣，穿著紅底白點的新衣裳四處跟同學去玩，才到下午，那件衣裳的裙襬不知怎麼的勾破了，只好回家讓媽媽縫補，媽媽完全沒有生氣，巧手天工，一點也看不出哪裡曾經破損過。

此起彼落都聽得見鞭炮聲，好一場熱鬧滾滾啊。讓人想起宋．王安石在〈元日〉中的名句：

**爆竹聲中一歲除，春風送暖入屠蘇。**

爆竹聲中，一年就過去了，春風送暖，人們高興地飲著屠蘇酒，迎著新年的到來。

描寫了春節的歡樂景象以及送舊迎新的快樂心情。

當然，喝酒是大人的事，四處放鞭炮則歸屬我們孩童。的確，吃吃喝喝，走走玩玩，居然就這樣一整天。晚上吃過晚飯，很累啊，也很歡喜，眼皮沉重，幾乎撐不開，可是誰也捨不得閉上，就怕睡著了，春節的那一天就整個過去了。多麼可惜啊。我們已經足足盼望了一整年，好不容易盼到了，哪裡捨得它不見了？它若不見，我們還得足足再等待一整年，才能「遇見」春節啊。

多年以後，我們都長大了。

有一年，我的好朋友跟我說，長居都市的她好想放一次鞭炮，可是從來不曾如願過。一次，在美國讀書的兒子回臺，她央兒子，兒子便陪著她到遠處的大橋底下去放鞭炮。終於得償宿願。她說得眉飛色舞，我心想，我何其幸運，成長的歲月都在鄉下度過。春節時放鞭炮，到處都是，何其尋常的場景。好朋友生長在大都市，春節的氣氛畢竟稀薄了一些。

當我的年紀逐漸大了，心中更是明白：春節是家人歡聚團圓的日子，鞭炮聲也不過是歡樂年節的點綴罷了。

只是，在鞭炮聲中，年味的氛圍更濃，更讓我懷想起，那些年父母依然健在，一家人團聚，喜氣洋洋過春節的歡樂情景。

此景縱然不再，但那無限歡愉的氣氛，在回憶裡，它永遠清晰如昨。

## 【原詩】

宋・王安石〈元日〉：

爆竹聲中一歲除，春風送暖入屠蘇。
千門萬戶曈曈日，總把新桃換舊符。

爆竹聲中，一年就過去了，春風送暖，人們高興地飲著屠蘇酒，迎著新年的到來。正月初一清晨，太陽升起，陽光照亮千家萬戶，人們趕忙換下舊桃符、貼上新桃符，來迎接嶄新的一年。

【詩家】

王安石（一〇二一～一〇八六）

字介甫，號半山，諡文，封荊國公，世人稱王荊公，北宋撫州臨川人。在中國歷史上是首屈一指集政治家、文學家、思想家與改革家於一身的人。歐陽修曾稱讚王安石：「翰林風月三千首，吏部文章二百年。老去自憐心尚在，後來誰與子爭先。」有《王臨川集》、《臨川集拾遺》等著作。擅長詩詞，主要以詩文盛名於世，詞作不多，但其詞不受當時綺靡風氣的影響，頗具藝術價值。

劉熙載《藝概．詞曲概》評其詞「作品瘦削雅素，一洗五代舊習。」

北宋詩人黃庭堅評其詩：「荊公暮年作小詩，雅麗精絕，脫去流俗。」

# 美好的句點

我們認識的時候，十四歲，是同班同學。

高一時，我們是室友，一起在府城的女中讀書。

妳是么女，父母辭世得早，上有兄姊多人。我在家中排行老大，偏偏身體不好，又不能幹，備受家人的呵護。

妳的書讀得好，上了臺大，畢業以後教了幾年書，結婚，然後出國，定居美國加州，從此落地生根。

有一年，妳回臺時通知了我，我們在希爾頓飯店一起吃過飯。那時候，妳氣色不佳，身上的毛病很多，聽起來彷彿百病叢生，真不像是那個年紀該有的。或許是孩子小、壓力大，在異鄉打拚，哪裡會是輕鬆的事？只是不夠健康，多麼讓人擔心。現在想來，那也已經是二十五年前的事了。如今，希爾頓易名凱撒也已多年。真有滄海桑田的感傷。歲月竟然是這樣的匆匆，韶華不為少年留，果真如是。

後來，妳又回來幾次，身體在調理下也越來越好，真讓人替妳高興。這時，兩個女兒都長大了，妳給我看她們的照片，都美麗得像花兒一樣。老二尤其像是妳讀大學時候的翻版，還曾經參加選美比賽呢。在美國成長的孩子，的確比我們活潑多了。

女兒都結婚了以後，先生也退休了，你們常一起回臺省親，這其中我們也見過幾次，大家都在盛年，雖不能說萬事順遂，然而前瞻時仍充滿了希望和勇氣，卻不知那樣的好時光有如黃昏的彩霞，絢麗卻無法久留，黑夜如貓，正等在一旁，即將掩襲而至。

妳的先生健康開始走下坡了，相形之下，妳的身體反而比較好，可以回頭來照顧他，也讓我見識到夫妻間相互扶持的可貴。年輕時的青春迷人也轉換成此刻的情深義重，「執子之手，與子偕老」說的，也不過就是這樣吧。

妳的本質善良，歷經紅塵輾轉，也一直都沒有什麼改變，多麼難得。兒孫自有兒孫福，年歲已大的我們必須學會放下，就讓他們自己來承擔吧，畢竟那是他們的人生。

記得王安石〈半山春晚即事〉中的名句：

**春風取花去，酬我以清陰。**

晚春的風把美麗的繁花帶走了，取而代之的，留給了我們清涼的綠蔭。屬於我們生命中的花季早已遠去，卻也無須傷悲，讓我們期待另一番勝景的來到吧！

早就看多了塵世的離合悲歡，此刻，我們能在一起說話聊天，一起回顧往日種種，上天何其厚愛我們！

我送了妳一個紫色的柿子包，妳喜歡嗎？願妳往後的歲月都能事事如意。

我們也要互相勉勵：好好的愛自己，才有能力愛別人。先把自己照顧好，才有餘力照顧他人。

更要認真的過好每一個日子，希望走到人生的終點時，仍能覺得自己的這一生不曾辜負。在我，這就是美好的句點了。

也一樣祝福妳。

【原詩】

宋．王安石〈半山春晚即事〉：

春風取花去，酬我以清陰。翳翳陂路靜，交交園屋深。

床敷每小息，杖屨或幽尋。惟有北山鳥，經過遺好音。

晚春的風把美麗的繁花帶走了，取而代之的，留給了我們清涼的綠蔭。山上的小路旁有著濃密的樹蔭，半山園的林屋在枝葉掩映下，顯得十分幽深而寂靜。有時拿把椅子小坐休息，有時扶著拐杖穿著草鞋，四處探訪美麗的風景。這裡人煙罕至只有北山上的鳥兒飛經過時，遺留下牠們美妙的歌聲。

# 看到了開花結果

早年教過的學生跟我聯絡，我們因此閒談了一會兒。

她說：「老師，您以前對我們好嚴呢。」

的確是這樣。撫今追昔，我有多麼的抱歉。

只怪當時我太年輕了。

剛教書的我，以自身微薄的人生經驗來帶她們，顯然是有所不足的。

當年的我常無法了解，為什麼書會讀不好？為什麼考試的成績會不佳？難道不是因為不夠用功、不肯認真嗎？我服膺的是，如果人一己十，天下豈有跨越不過的關卡？

我說錯了嗎？大致上是對的。

我想，那時我求好心切，服膺的是宋·王安石〈題張司業詩〉中所說：

**看似尋常最奇崛，成如容易卻艱辛。**

看似平常的詩句，實際上是奇異特出，不同凡響；好像寫來容易，其實卻經過艱苦構思。

世上沒有輕易可得的成果，堅忍是必須，努力是必須。

只是，要在多年以後，我才明白，人是有個別差異的。由於天賦的不同，並不是人人想讀，就一定可以把書讀得很好的。

在我年輕時難免氣盛，堅持以為自己是對的。其實，我過於執著理想，卻欠缺彈性。我不夠悲憫和柔軟，還自以為是。

現在，我早已不年輕了，才知今是而昨非。在這個世界上，真的是「一枝草，一點露」。有人會讀書，有人愛做事，有人擅長溝通，有人以服務為樂……

我終究了解，一個人放對了位子，恐怕才是更為重要的。

這讓我想起了好朋友的故事。

她最近都很忙，忙些什麼呢？和當年課堂上的學生相見。

那年，她剛大學畢業，到國中教書，菜鳥老師帶的是國三的牛頭班。整天雞飛狗跳，忙得她團團轉。總算學生們就要畢業了。

她看著那個學生的成績，課業普通，毫無出色之處，哪能冀望上高中、讀大學？而且家境清寒，只怕家裡也供不起那麼多年的學費。

她把那個學生找來，建議他讀建教合作的高職，靠自己的能力，自力更生，也減輕家裡的負擔，將來如果想繼續讀書，也可以找機會更上層樓。

那個學生乖，果然走了那樣的一條路，能發揮所長而不至於被埋沒。

四十年後，他已經飛黃騰達，還有了自己的公司。

原來，長大的學生一直在找她，感念當年老師為他指引了一條明路。她自認只是盡一個老師的職責罷了，對他的感恩，則十分安慰。

當年的好緣，在四十年以後，終於讓她看到了開花結果。

## 【原詩】

宋・王安石〈題張司業詩〉：

蘇州司業詩名老，樂府皆言妙入神。

看似尋常最奇崛，成如容易卻艱辛。

蘇州張籍長期以來享有很大的詩名，都說他的樂府詩達到出神入化的境界。看似平常的詩句，實際上是奇異特出，不同凡響；好像寫來容易，其實卻經過艱苦構思。

# 曾經是醜小鴨

她曾經是醜小鴨，可是新相識的朋友們卻沒有一個人肯相信。

你看她溫和體貼，有時也幽默風趣，多麼的迷人！怎會是醜小鴨？到底是誰說的？

他們都不知道她的出身背景。

年少時候的她，由於家境窮困，如果不是因為她上進，繼續求學幾乎不可能。

家裡要她早早就業，好分擔家計。她執意升學，也考上了大學，那樣的家庭環境根本無法幫她，學費，她可以申請就學貸款，生活費，就靠平日的打工和每學期的獎學金來支付。

日子過得捉襟見肘，也是可以想見。

當然，她沒有華衣美服，可以來裝扮自己，也無法常和友伴們參加各種團體活動，為此，她很自卑。

看到自己身上的衣著寒愴，不只樸素，有的還過時，從來不會是當季品，更不可能出自名家設計。多麼讓人絕望啊，哪個年輕女孩不愛美？為此，她常在淚水中睡去。

想當然，她也不會有化妝品，沒有漂亮的鞋子，更沒有可以搭配的名牌包和任何一件首飾。她明白只因家境清寒，讓自己樣樣不如別人。當別人像驕傲的美麗孔雀，展開華麗的服飾，以招來四周羨慕的眼光；而她只是醜小鴨一隻，黯然失色，只合躲在角落裡，暗自神傷。她老是看著友伴們的花枝招展，四處交遊，巧笑倩兮，相形之下，更覺得自己一無是處。

怎麼辦呢？

可是，每個人都需要友誼，她不能自外於所有的團體，有時候，她也得鼓起勇氣去參加。

於是，在每次的聚會裡，為了分散男伴對她外表的注意，她都先誠懇的請對方談談自己的想法、經驗以及對未來的嚮往和計畫。

她很專心的聽，也總是努力想要從對方的談話裡學到一些東西，甚至還真的產生了濃厚的興趣，於是相談的話題不斷的出現，完全沒有冷場。由於她的善於聆聽，也在無形中鼓舞了對方，讓對方更勇於表達心中的夢想，也讓彼此的相處成為一件愉悅的事。她，也因為這樣，在男生群中大受歡迎，而成了一個可人兒，邀約不斷，沒有人在意她的裝扮寒酸，卻為她的好個性而著迷。

宋．程顥在〈秋日偶成〉中的名句：

**萬物靜觀皆自得，四時佳興與人同。**

只要靜下心來，仔細觀察世間萬物，都能自得其樂。至於一年四季裡，各種節慶活動的興致，也都和一般人相同。

原來，她把這樣的心得發揮得淋漓盡致。

有時候，平凡也是一種美，又為什麼一定要坐困愁城呢？她用心發掘一己的特質，也看到了別人的優點。

昔日的醜小鴨，由於處處關心體貼別人，很快的，就成為大家心目中可愛的天鵝了。

畢業以後，她也擁有了很好的工作和感情的歸宿。

真的，一個自私的人，不可能擁有美好的人生。她的樂意聆聽，願意處處關心別人，使她成為受歡迎的人，也帶來很多的快樂。

如果你現在才認識她，看著她迷人的風采，周到的待人接物，曾經是醜小鴨？你完全不會相信，恐怕以為一定是自己聽錯了。

【原詩】

宋．程顥〈秋日偶成〉：

閒來無事不從容，睡覺東窗日已紅。萬物靜觀皆自得，四時佳興與人同。

道通天地有形外，思入風雲變態中。富貴不淫貧賤樂，男兒到此是豪雄。

清閒的時候做什麼事都從容不迫。一覺睡醒，東窗上已是紅豔豔的日頭。只要靜下心來，仔細觀察世間萬物，都能得其樂。至於一年四季裡，各種節慶活動的興致，也都和一般人相同。廣大無邊的「道」，貫通天地有形物之外。思想的變幻莫測，就像那風雲一樣不可預知。身處富貴不可胡作非為，面臨貧賤也應樂天知命。男兒如能有這樣的修為，才算是個英雄豪傑。

【詩家】

程顥（一〇三二～一〇八五）

字伯淳，號明道，世稱明道先生。為北宋著名的理學家和教育家，曾任中央官職，因反對王安石新法而被貶。宋理宗封之為「河南伯」，元文宗加封為「豫國公」。

與其弟程頤一起創立「天理」學說，提出以「理」為中心的唯心主義哲學。不僅復興儒學，亦為宋代理學奠定基業，世稱「二程」。

# 魔法姊姊——記詩人涂靜怡和《秋水》詩刊

我一直相信她是有魔法的。

她是涂靜怡姊姊。

一九七四年元月，古丁先生創辦了《秋水》詩刊，他是涂靜怡的恩師，帶領她走上寫詩之路。《秋水》詩刊四十年，一六〇期。不脫期、不改版、二十五開橫排，以抒情委婉的風格，在詩壇上獨樹一格，積極培養也真誠鼓舞了無數的愛詩人和詩人，更贏得了難以計數海內外愛詩人的同聲讚歎。起初由古丁老師編輯策畫，掌舵審稿，涂靜怡負責校對和發書。古丁老師不過是個士官長，待遇低微卻不減對詩的熱情抱負，這種堅持做對的、做有意義的事，高瞻遠矚卻能寬闊無私的人品感召，也影響了涂靜怡一生的行事風格。

有恩師的鞭策鼓勵，涂靜怡開始在詩壇嶄露頭角。一九七八年以〈從苦難中成長〉獲第十四屆國軍文藝金像獎長詩首獎；一九八〇年以長詩〈歷史的傷痕〉得第十五屆中山文藝獎……

有太多的掌聲湧向她，她仍是謙和的、感恩的。

我以為，她是有魔法的。

一九八一年一月二十七日，古丁老師車禍辭世。涂靜怡臨危受命接下了《秋水》的擔子，這一走，就是漫長的四十年，任重而道遠。君子重然諾，其中，她生病開刀，不健康的身體卻仍生死以之，那已是大丈夫的作為了。縱使放眼今日，又有幾個人能做到呢？

恩師遠逝，她承襲了恩師對詩所懷抱的熱情，繼續未竟的志業。又替恩師出版全集，沒有錢？去寫稿，去打工，還背債，全集終於如期出版，讓恩師的精神永遠存留人間。

她承繼了恩師的理想而發揚光大，以一個弱女子而努力撐起了半邊天，的確讓人嘖嘖稱奇。

此生若能教到一個這樣的學生，還真羨煞了天下的老師們。這真的是可遇而不可求的師生好緣。

這難道不是另一次的魔法嗎？

至於，我是怎麼跟靜怡姊結識的呢？

去年，我曾在《葡萄園》詩刊，寫了一篇〈深情繾綣〉，談靜怡姊的詩，主編以電子信件問我，能不能將與涂姊合影照（《秋水四十年》69頁），在《葡萄園》詩刊ＦＢ粉絲頁披露？

我回答說：請將照片先傳來一看。

我不知道，主編會不會覺得我太刁難了？

真正的原因是，我手頭根本找不到那張照片，只是想將他傳來的照片趁機存檔，作為紀念罷了。

看到照片了，日期是一九八九年八月三日。

多麼久遠的日期，多麼年輕的歲月。

到底是誰先提議要相見的呢，已經完全不可考了。我太害羞，靜怡姊又太有名，我大概不敢說我想見她吧，雖然心裡很想。

那天，近中午時，由文友水天開車，帶我到靜怡姊的辦公室接她，再一起轉往「朝代」，靜怡姊已經在那兒訂了中午的餐，可是她自己只喝白開水，因為她要空腹去照胃鏡。

初相見時，靜怡姊美麗親切，甚至推心置腹。她善於說故事，那天說了兩個生活故事，偏偏我與水天各跟其中的一個故事有淵源，那樣的匪夷所思，簡直把單純的我們給驚呆了。恐怕她也被我們的大驚小怪給驚呆了呢。現在想來，好有趣。

如果我第一首投給《秋水》的詩，是發表在一九九八年的五十九期，竟然是在初相見後的近十年，也算是有一點晚了。她很會鼓勵人，我也因此寫了一點詩。詩，當然還是靜怡姊寫得好，她是知名的詩人。

往後的歲月，靜怡姊不只編詩刊，出筆記書，遠赴大陸辦活動，創秋水詩屋，出秋水相關的各種紀念選集和文集，像千手觀音，我唯有讚歎佩服。

她是我的學習標竿，在許多方面。

很高興能認識她，人如其詩，多情唯美，而且勇敢。歷經憂患，她的字典裡從來沒有「軟弱」一詞。

宋．蘇軾在〈和子由澠池懷舊〉詩中有這樣的名句：

**人生到處知何似，恰似飛鴻踏雪泥。**

人生所到之處像什麼呢？應該就像是飛鴻踏在雪泥地上吧！

生命中的種種緣遇，多麼值得珍惜。由長遠的人生看來，緣聚緣散，只怕都有如一夢。或者，我們都應該以更寬廣的胸襟，來看待世間的聚散離合，只要看得開，活在當下，就不會成為心頭的牽絆。

這次的相見，開啟了我和靜怡姊成了一生的朋友，靜怡姊後來和漢藝合作出了許多美麗的詩集和筆記書，暢銷海內外；漢藝的負責人則由出版人成了詩人，因緣都由此次的相見為發端。人生，多麼的奇妙，也不可解啊。

的確，「秋水詩屋」的美夢成真，簡直是一則傳奇。為了讓多年來所細心儲存的詩人手稿、出版品、往來信件、卡片，有一個能存放的地方，也讓愛詩人有一個可談詩論藝和彼此切磋琢磨的處所。二〇〇六年終於成真。詩屋裡有眾詩人對繆思最真摯的愛，也看到了《秋水》是如何從篳路藍縷中，一步一腳印的走出自己的康莊大道。

這也是魔法，難道不是？

更讓我驚訝的是，她如何讓出版人林蔚穎，變成了詩人趙化，還出了詩集？

這其中一定有著更大的魔法。只是到現在，對其中的奧妙，也一直是我久參不透的。

或許，是我太簡單了，向來也都過著單純的日子。

我喜歡這樣單純的生活以及單純的自己。

因為單純，俗世的罣礙也隨之減少了許多，讓我更能傾全力追逐心中的夢想，構築文字的桃源。

最近，我讀卡恩的《白鳥之歌：以音符追求政治自由的20世紀偉大大提琴家卡薩爾斯》，書中著眼於音樂家卡薩爾斯的音樂和人生故事。我讀到其中卡薩爾斯說的一段話：「我自認是個很普通的人，我的好惡都很單純。在音樂中我也尋找單純，如今或許這可以視為我最大的癖好！」其實是那一點赤子之心的可貴。如果真能讓我單純過一輩子，我以為，那是上天對我最大的疼惜，值得永遠心懷感激。

有好書相伴，還有個魔法姊姊當我的典範，人生也是很有滋味的。

## 【原詩】

宋・蘇軾〈和子由澠池懷舊〉：

人生到處知何似，恰似飛鴻踏雪泥。泥上偶然留指爪，鴻飛那復計東西。
老僧已死成新塔，壞壁無由見舊題。往日崎嶇還記否，路長人困蹇驢嘶。

人生所到之處像什麼呢？應該就像是飛鴻踏在雪泥地上吧！雪地上偶然留下指爪的痕跡，鴻雁飛走了，哪還知道飛往何處呢？老和尚早已過世了，原有的僧房變成一座新建的奉骨塔，早先的牆壁已毀壞，再也看不見舊日壁上的題詩。你還記得當年坎坷艱辛的旅途嗎？路途遙遠，人已疲累，所乘的跛腳驢啼聲悲鳴。

## 【詩家】

### 蘇軾（一〇三七～一一〇一）

字子瞻，號東坡居士。是北宋的文壇領袖，唐宋八大家之一，其詩、詞、賦、書、畫皆精通，是中國文學史上少見的全才。和父親蘇洵、弟弟蘇轍並稱「三蘇」。詩與黃庭堅並稱「蘇黃」，現存詩二千七百餘首，有詩文集《東坡全集》與詞集《東坡樂府》傳世。

從小熟讀經史，心懷壯志，二十二歲一舉進士及第。累官至端明殿學士兼翰林侍讀學士、禮部尚書。政治上偏向舊黨，反對新黨王安石激進的改革，但也不認同司馬光盡廢新法，因而在新舊兩黨間皆受排斥，致使仕途生涯坎坷。但在文學上有極大成就，是文學革新運動的主將，對詞的貢獻超越前人。打破原有的狹隘藩籬，清新豪健，對詩的影響也很深遠。

其詩風格多樣，內容廣闊，風格或雄奇奔放，或富理趣或淡雅自然，還擅長以幽默曠達的筆調與新奇形象的比喻作詩，其中有歌詠自然景物與抒發人生感慨，皆表現出宋詩重理趣、好議論的特色。尤以長篇古詩博用比喻，氣勢奔放，語言流暢。

# 記憶裡的名字

她國一時，我教她國文。

作文極佳，多麼讓人驚豔，哪裡像是出自十三歲小女生之手？

有人跟我說：「國小時，她就是作文比賽的常勝軍了。」難怪啊，如此出類拔萃。

奇怪的是，只教了一個學期她就不見了。

其實，她轉到了一個最好的班，男女合班。二年級時，我教他們歷史。還是在我教的班上啊？為什麼我好像「看不到」？

想來，我也是一個迷迷糊糊的人。

可是，我一直記住了她的名字，不曾忘記。老是想起她的好文采。

我們重逢時，已經是別離四十年以後了。

她說：「我總是跟別人說，您是我的國文老師。」不承認我的歷史課？恐怕也是一種嚴正的抗議吧？看來，這梁子也結得很深了。

她又說：「那時候我覺得，老師比較喜歡男生。」是覺得自己被漠視了？那為什麼當年不走到我的面前來？

至於，比較喜歡男生？冤枉啊！

男生們太頑皮了，我老是要盯著，既怕他們胡言亂語，更怕他們違規亂跑。我拿故事來籠絡，更常要緊張的盯著，就怕有所閃失。

如今想來，處處有趣。

她離開國中以後，音訊全無。連一張卡片也不曾給。

多年以後，我在臉書上看到一個熟悉的名字，那會是她嗎？還算是普遍的名字，我不知如何確認？所有的回應也都尋常，看不出一絲懷念的感情，我甚至不能肯定她曾是我的學生。而且，一般來說，臉書上的文字少，看不出什麼名堂，我又該如何明察暗訪呢？

直到她提起小時候的作文，一切才得到了證實，她的確曾經是我思念的女孩。

現在，她早已長大，從職場上退休了，有時間畫畫、唱歌、寫文章……做自己喜歡的事。果真是個才情多方的女子，樣樣好，又樣樣都捨不得放棄，終究會陷入進退維谷之中。然而，她手裡所能掌握的時間已經不多，健康卻即將走向下坡，到底還能優遊自得多久？恐怕只有上天可以回答。

可是，快樂最要緊。能做多少，就做多少吧。人生總是有憾恨的，有誰能要盡世間一切的好呢？

肯開始，不算晚。能做多久，畢竟有幾分天意。

知足、感恩，將使我們在面對著人生的秋天時，另有一種篤定的坦然。我真心希望這樣。

想起宋．蘇軾〈贈劉景文〉詩中的名句：

**一年好景君須記，最是橙黃橘綠時。**

一年中美好的風景你可要記住，最為美麗可愛的，正是這橙子黃熟、橘子青綠的時候。

這是屬於秋天的詩。當大地一片蕭索，紅銷翠減時，讀這樣的一首詩，特別讓我覺得秋光的繽紛，另有一種沉思、寧靜的美。

那麼人生的秋天呢？也應該是迷人的吧。

願日日靜好，是我由衷的祝福。

【原詩】

宋・蘇軾〈贈劉景文〉：

荷盡已無擎雨蓋，菊殘猶有傲霜枝；
一年好景君須記，最是橙黃橘綠時。

荷花凋零，荷葉也不見蹤影，再不能拿來充傘擋雨了，菊花雖已殘敗，卻仍有在霜中傲立不屈的枝枒；一年中美好的風景你可要記住，最為美麗可愛的，正是這橙子黃熟、橘子青綠的時候。

# 青鳥殷勤

他是我的讀者，我們曾經持續通信有十多年。

他給我的第一封信是在一九九五年六月二十六日，他很誠摯的在信上寫著：「近日我遠在新加坡拜讀幾本妳的散文小品，感覺有如清晨漫步於日月潭附近的山上，非常清新、真誠、柔和、美麗，並以愛和同情將大自然與人生相連繫。在現實急功近利，人性淡漠之際，大作有如在盛暑投下了清涼劑，對個人和社會都起了激勵的作用……」信由皇冠出版社轉來。

知道他是個工程師，早年曾經是來臺大讀電機系的香港僑生，退休以後，從新加坡搬到美國。開始遊山玩水，看來退休以後的生活愜意；也用毛筆跟我寫信，字頗為工整，也是好看的。

二〇〇二年的一月二十五日的信上寫：「與您通信的幾年間，最近才感覺到您的狀態非常好——輕鬆愉快，真是替您開心，希望保持下去……」

難道早些年我的文字裡無法隱瞞內心的焦慮嗎？

以前教書，還要寫稿，真是累壞了，我常覺得我不是躺在床上，而是昏了過去。快退休時家母病重，一年以後她辭世，我的傷痛無可言喻，二〇〇一年五月我開始學游泳，健康狀況大有好轉，才明白以前我看到床，就不由自主的躺下，原來，那是因為我的身體不好，游泳以後，我幾乎不再躺在床上，除非夜晚入睡。

游泳，果然讓我的人生從黑白變為彩色。

我想，他應該是非常細心而敏感的。或許，前者來自工作的訓練，後者則是人文的素養，也或許，他的天性原本如此。

冬天時他和妻子會住到加拿大兒子的住處，也因為耶誕假期，得以共享天倫之樂。他在信上談加拿大的雪景以及家居生活，都很富有情味。還曾經在大學的圖書館裡，無意間發現了我早年的書《陽光下的笑臉》，歡喜之餘，趕緊借回去讀。

有這樣的知音，這般熱切的期待，多麼讓人感動。我其實應該要以更認真的態度來面對寫作，否則何以回報如此的盛情呢？

我們寫了十多年的信，直到他不再來信，發生了什麼事？我一無所知。或許因緣有時而盡，是該畫下句點的時候了。

謝謝他自始至終的鼓勵和支持，也真心的祝福他和他的家人安好。

說實話，我心中仍不免低迴，想起的是宋．蘇軾在〈東欄梨花〉詩中的名句：

**惆悵東欄一株雪，人生看得幾清明？**

東欄邊，那孤獨的梨樹也開花了，有如綴滿了白雪，卻引發了我無限的惆悵。可不是，春將過，花將落，我的一生，又能遇上幾次賞花的清明？

願歲月靜好，花常開，人長在。

如果說，我的文字書寫美如一束花，也多麼希望他看得到所有花朵的繽紛。

【原詩】

宋．蘇軾〈東欄梨花〉：

梨花淡白柳深青，柳絮飛時花滿城。

惆悵東欄一株雪，人生看得幾清明？

梨花是淡白的，柳樹則蔥籠鬱青。當柳絮滿天飛舞時，梨花也開遍了全城。東欄邊，那孤獨的梨樹也開花了，有如綴滿了白雪，卻引發了我無限的惆悵。可不是，春將過，花將落，我的一生，又能遇上幾次賞花的清明？

# 心的好方向

幾十年來，《國語日報》深入臺灣的每一個家庭，陪伴所有的孩子成長。由於孩子們都曾經在童年時朝夕誦讀，讓許多正確的觀念，良好的言行，值得學習的典範……一一深植心中，這樣的孩子長大以後都能循規蹈矩，成為國家社會的棟梁。

我相信，《國語日報》若有知，一定是非常欣慰的。當年，曾經澆灌的園丁，看到了今日的花團錦簇、結實纍纍，豐收遠遠超過預期，也一定是驚喜不已的吧。

潛移默化，日起有功，這是《國語日報》對整個國家社會最了不起的貢獻；尤其，影響的深遠甚至及於代代子孫，沛然莫能禦之，全民族都受惠了。

我小時候讀偏遠的鄉村小學，國小畢業時正逢家父在糖廠的職務調動，舉家搬到麻豆的總爺糖廠宿舍。我讀鎮上的初中，弟弟妹妹則轉入總爺國小就讀，那幾乎就像是子弟小學，每個年級只有一班，每班僅十幾、二十人，這樣的迷你小學，全校師生都認得，就像一個大家庭一樣。我所有的手足都在這個學校畢業，只有我不是。彷彿被「邊緣化」了。

即使畢業很多年了，他們常會談起童年故事，哪個老師怎麼了？哪個同學又如何了？多少陳年往事都翻找出來說，且說得意興湍飛，欲罷不能，只有我完全插不上話。

在那個升學至上、考試領導教學的年代，初中入學考試是需要激烈競爭的。總爺國小是極為難得的五育並重。小二，就要開始每天習書法。《國語日報》更是天天要讀。尤其是「方向」的專欄更是要背誦，我記得後來還有「燈塔」，都是言簡意賅的好文章，篇幅短短的，卻又言之有物，日日都要到老師面前去背誦，時間久了，都成了心靈的寶藏，偷之不去，撼之不動。

進入中學，這些孩子都成了學校裡的風雲人物，能說、能寫、能唱、能畫、能跑……多少欣羨的眼光投向他們！尤其，日日與《國語日報》為伍，國語文根基的深厚，也讓他們在學習上觸類旁通，更因為表現優異而出人頭地，後來都成為建設國家的優秀人才。

我家藝弟還曾在總爺國小六十週年時，獲得「傑出校友」的殊榮呢，舉家同賀。可惜不多久，就被廢校了，據說，因為藝術大學想要這塊校地。

想想看，創校以來，這所迷你小學的全部校友僅一千多人，後來榮獲博士學位的，居然超過百人，可見學風之好，家長是鼓勵兒女努力向學的。

而國語文是所有學科的根基，國語文的根基扎實了，學習其他，更是左右逢源，無往而不利，要不「事半功倍」也很難。而打穩國語文根基的，不只是有賴老師的辛勤帶領，更有《國語日報》的大力幫忙，每個園地都精采。

如何讓孩子順利地長大，需要有良好的教養，而良好的教養建立在思想的純正，不偏頗，不功利，有理想，有抱負，愛國愛人，天下為公。說起來，似乎不難，然而細節紛紜，又哪裡會是容易的呢？我們唯有在童年時，一點一滴的教誨和記誦，讓它逐漸成為骨血，長大以後，自然堂堂正正的做人，奉獻所學，為國所用。

當我們長大，我們很快的明白：人生是一條漫漫長途，沒有人能永遠一帆風順的，總有一些苦難困頓橫阻在我們的面前，讓我們灰心沮喪。

其實，只要方向正確，請鼓起勇氣，繼續前行。

這時，往日我們曾經讀過的佳言美句，勵志短文，便發揮了巨大的作用，不斷的鼓舞我們努力堅持，不要被眼前的挫敗所打倒。

的確，有時候，我們也會軟弱，也曾興起逃避的念頭。我們一樣平凡，所以更要時時鼓勵自己：要勇敢，要前進，不要停下腳步。

無論如何艱難，只要方向正確，加以夠堅定，又有誰能真正限制我們呢？

讓人想起宋．陸游〈遊山西村〉中最為膾炙人口的名句：

**山重水復疑無路，柳暗花明又一村。**

走在山野間，只見山嶺重疊阻隔，水流縱橫交錯，讓人以為沒有出路，突然發現眼前是個綠柳成蔭，繁花盛放的村莊。

原本的失望沮喪因此轉為歡欣鼓舞。那是絕望中的生機，多麼振奮人心。

這詩句的引人入勝，也在它的變化，能出人意表，帶來了許多驚喜。

因此，當我們面對人生的困頓時，能不能堅持以赴，努力讓自己變得更好呢？說，是容易的。實踐，卻很困難。

感謝有這麼好的《國語日報》，也感謝有如此端正風氣的「方向」專欄，我相信，這麼多年以來，它鼓舞了一代又一代的兒童，帶領他們成為更好的人。

我相信：也是這許多更好的人，真正腳踏實地，給予臺灣更美好的未來。

## 【原詩】

宋．陸游〈遊山西村〉：

莫笑農家臘酒渾，豐年留客足雞豚。山重水復疑無路，柳暗花明又一村。

簫鼓追隨春社近，衣冠儉樸古風存。從今若許閒乘月，拄杖無時夜叩門。

別取笑鄰村農戶私釀的酒品質粗糙，在豐收時節，他們可是殺雞宰豬、準備了整桌筵席來款待賓客。前方層層疊疊的山巒密布、迂迴曲折的流水環繞，本以為無路可走，沒料到穿過了茂密幽暗的柳樹叢林，竟有著花團錦簇的美景，真是別有洞天。時令接近春天之際，正逢祭祀祈年之時，吹簫擊鼓、熱鬧歡慶；當地村落民風淳厚、衣冠樸實無華，頗有思古幽情。但願從今以後，若有閒情逸致，說不定就拄著枴杖，趁著月色當空的夜晚，再度登門拜訪。

## 【詩家】

### 陸游（一一二五～一二一〇）

字務觀，自號放翁。年少時即有大志，二十九歲應進士試，名列第一，但政治上始終堅持抗金的主張，所以仕途屢遭排斥與打擊。中年入蜀，擔任過軍事屬員，但也因軍旅生活而豐富了他的文學內容，作品因而超然拔俗，有著耀眼光芒。

陸游是南宋大詩人，以愛國詩成就最為突出。詩質精而量多，足令後世稱揚不已。詞的創作也卓有成績，風格變化多樣，內容多歌詠自然情趣，圓潤清逸，恬淡閒適，但也不乏憂國傷時、慷慨悲壯之作。就其人生經歷來看，早年富才情，中年多悲憤，晚年為閒適，所以南宋詞人劉克莊《村後詩話》說：「放翁長短句，其激昂感慨者，稼軒不能過；飄逸高妙者，與陳簡齋（與義）、朱希真相頡頏；流麗綿密者，欲出晏叔原、賀方回之上。」

# 因為有情

我是一個感情豐富的人，年少的時候常常自覺受傷。

只要一個眼神，或銳利或鄙夷，我就受傷；只要說話的語氣不好，或大聲或凶悍，我也受傷了……

我太敏感，卻也脆弱。我被照顧周到，所以禁不起任何風雨的侵襲。

那時候，我怪自己的感情豐富才會這樣。長大了，很久以後，我才明白，事實並不是我想的如此。真正的原因，在於我的人生不曾經過歷練，我在心性上不夠堅強。然而歲月，終究會教給我這些的。

有一個黃昏，我接到她打來的電話，我們失聯了許久，有二十年了吧。

剛認識的時候，她才大學畢業，和我們同一個辦公室，人很有趣，嘰嘰喳喳，像隻小麻雀說個不停。

她是很纖細秀氣的一個人，頗漂亮的，可惜脾氣不佳，老跟男朋友吵架，後來結婚了，有了一個兒子，還是吵個不休，只好離婚。

其實，是很登對的兩個人，可惜雙方的脾氣都壞，無人肯容忍，後來，只得分道揚鑣，兒子歸她。

離婚後，她離職他就，或許是想更換一個新的環境吧。

她的書一向讀得好，國立大學畢業，能幹也強勢。兒子考大學時，她力主要讀一個實用一點的科系，兒子乖也聽話，研究所畢業以後，應該進醫院工作，偏偏到這時才發現自己毫無興趣，甚至對周遭的工作環境完全無法忍受。於是另找工作，只圖養活自己。

我很驚奇，「怎麼沒有依照興趣來走？」

她卻說，「現在說這些，已經來不及了。」

我想勸，卻終究沒有開口。

我心想，還是應該亡羊補牢的，至少會有一個比較快樂的兒子，否則恐怕終身抑鬱不得志。我無法理解，難道她會希望看到兒子憂傷嗎？

據說，兒子曾經想出國讀書，讀自己有興趣的藝術設計科系，她沒有同意。也許，需要不少的金援，讓她覺得負擔沉重，支付不起。

也許，她以為就是這樣了。人各有命，不是嗎？

我想，單親家庭，有他的辛酸和壓力，局外人恐怕也不易了解。

只是人生如寄，充滿了太多的無奈，能追逐夢想，也是一種幸福。

世俗的想望，榮華富貴，轉眼成空，可是，理想是一盞燈，散發著迷人的光。不虛此生，才是安慰。外人或者後人要說什麼？且隨他去。

宋．陸游的〈小舟游近村，舍舟步歸〉，有這樣的詩句：

**死後是非誰管得？滿村聽說蔡中郎。**

一個人在世時的是非對錯，死後有誰管他呢？現在這個老翁正在說著蔡中郎負心薄情的故事啊。

可見被真正的理解，有多麼的不容易，古今皆然，又何況是尋求支援！

在電話裡，她仍然嘰嘰喳喳的說著話，像一隻小麻雀。一如當年初相見時，她給我的第一個印象。

這幾年來，她比較有空，出國自助旅行就去了十二次，真是會玩，就在她玩得興高采烈時，不知是否想到不快樂的兒子？

她比較愛的，也許，還是自己吧。

我卻憐惜起她的兒子來，希望他能走到自己真正喜歡的路上去，熱愛藝術，為設計著迷的年輕人，想必也是多情而敏感的。但願他夠勇敢，能堅持走向理想，真心祝福他。

我願意相信，因為有情，世界將更為溫暖而美麗。

【原詩】

宋．陸游〈小舟游近村，舍舟步歸〉：

斜陽古柳趙家莊，負鼓盲翁正作場。

死後是非誰管得？滿村聽說蔡中郎。

夕陽斜照在趙家莊古老的柳樹上，圍場作戲的失明老翁正背著鼓在說唱故事。一個人在世時的是非對錯，死後有誰管他呢？現在這個老翁正在說著蔡中郎負心薄情的故事啊。

# 青春無敵

年輕，多麼好。

那時候我還在國中教書。

有一天，我沒課，在辦公室裡批改學生的作業，久了，不免有些疲乏，抬起頭來，透過窗戶，見有一穿紅衣的年輕男子，提著一把大吉他，正從樹下走過，他是教什麼的呢？國中可沒有什麼吉他課。我趕忙問同事，她瞄了一眼，說：「新來的老師，教數學。」

大概也只有新來的老師，才會在課堂上彈吉他，唱歌給學生們聽吧？

他是鴻源，跨大步，走大路，給我的印象是「青春無敵」。

後來，有一年，我們還曾經同個辦公室，他坐在我後面，背對著背。

我常可以聽到他的聲音，很陽光，說話很直。那時候，他騎機車上下班，機車難免偶有小問題，奇怪的是，他每次送修，對方都沒有拿他的錢。

怎麼會這樣？是人太帥了嗎？也是吧。然而，根據他的判斷，有可能對方誤以為他是警察。直到後來他堅持要付費，才取消了這項特權。

他說話直，有一次，果然得罪了我們辦公室裡另一位女老師，他們大學還同班，又進了同一所國中任教，因緣殊勝。或許太熟，玩笑話一時失了分寸，把那女老師給惹哭了。女老師直接到他的面前去申訴，他才恍然大悟。

他年輕而有趣，可惜，我很快的離開職場，再相見，也就不是那麼容易了。

到現在，我都還記得他青春無敵的模樣。

然而，韶華易逝，青春無法久留，尤其，對每個人來說，一樣要珍惜時光，拿宋．朱熹〈勸學詩〉來勉勵自己：

**未覺池塘春草夢，階前梧葉已秋聲。**

沒等池塘生春草的美夢醒來，臺階前的梧桐樹葉就已經在秋風裡沙沙作響了。

青春，總是在我們的轉眼之間就已遠颺了。

的確，每個人都曾經年少過，青春如花，也如美麗的詩篇。只是，花會凋零，詩篇會被翻過，然而，記憶卻能恆常存在，讓人時時懷想。

我們都年輕過，當你走在年輕的歲月時，你知道自己正像花朵一般的綻放嗎？你知道有多少人正羨慕的望著你嗎？尤其，在那麼珍貴的時光裡，你把握了嗎？努力了嗎？

如果只是老大徒傷悲，那真是一場絢麗的浪費，何其可惜！多麼讓人為之扼腕嘆息！

唯有珍惜和善用，那麼，所有的時光都是美好的，所有的青春都值得讓人回味再三。

或許，生命的意義就在這兒了。

可是，我仍然要說：年輕，多麼好。我也一直這麼以為。

## 【原詩】

宋・朱熹〈勸學詩〉：

**少年易老學難成，一寸光陰不可輕。**

**未覺池塘春草夢，階前梧葉已秋聲。**

青春的日子容易逝去，學問卻很難成功，所以每一寸光陰都要珍惜，不能輕易放過。沒等池塘生春草的美夢醒來，臺階前的梧桐樹葉就已經在秋風裡沙沙作響了。

## 【詩家】

## 朱熹（一一三〇～一二〇〇）

字元晦，一字仲晦，號晦庵，謚文，又稱朱文公。創立宋代研究哲理的學風，集理學家、思想家、哲學家與詩人身分於一身，世稱朱子，是孔孟以來弘揚儒學的傑出大師，創建草堂名「晦庵」，在此講學，世稱「考亭學派」，亦稱考亭先生。輯定《大學》、《中庸》、《論語》、《孟子》為四書作為教本。

家境窮困，自幼聰穎，十九歲即進士及第。為政期間治績顯赫，為官僅十多年，從事教育五十餘年。一生致力於辦書院與講學，修復白鹿洞書院。發展程頤等人思想，集理學之大成。晚年受到奸相韓侂胄排擠，朱熹學說一度被視為「偽學」，遭到禁止。後來朱熹理學成為官方哲學，在明清兩代被列為儒學正宗。

詩作風格以鮮明形象表達體悟，為說理之作，富有生活氣息，具有啟發性。清朝詩人陳衍評其詩作「寓物說理而不腐」。清朝王奕清《歷代詞話》引《讀書續錄》評其詞：「晦庵先生詞，幾於家弦戶誦矣。其隱括杜牧之九日齊山登高詩《水調歌頭》一闋，氣骨豪邁則俯視蘇辛，音韻諧和則僕命秦柳，洗盡千古頭巾俗套。」清朝陳廷焯《白雨齋詞話》云：「《詞綜》所錄朱晦翁《水調歌頭》、真西山《蝶戀花》，雖非高作，卻不沉悶，固知不是腐儒。」

# 琹心涵語

◎當天空以雨露滋潤了大地，大地則回報了花朵的盛放。請記得我們也是花朵，溫柔、美麗、熱情的綻放，繽紛了全世界。

◎人也像一朵孤雲，獨自來往，無所依傍。所以，孤獨，才是人生的本質，誰也無可逃躲。繁華靡麗，全都只是短暫，轉眼成空。

◎晚春的風把美麗的繁花帶走了，取而代之的，留給了我們清涼的綠蔭。屬於我們生命中的花季早已遠去，卻也無須傷悲，讓我們期待另一番勝景的來到吧！

◎生命中的種種緣遇，多麼值得珍惜。由長遠的人生看來，緣聚緣散，只怕都有如一夢。或者，我們都應該以更寬廣的胸襟，來看待世間的聚散離合，只要看得開，活在當下，就不會成為心頭的牽絆。

◎春將過，花將落，我的一生，又能遇上幾次賞花的清明？願歲月靜好，花常開，人長在。

◎世俗的想望，榮華富貴，轉眼成空，可是，理想是一盞燈，散發著迷人的光。

◎每個人都曾經年少過，青春如花，也如美麗的詩篇。只是，花會凋零，詩篇會被翻過，然而，記憶卻能恆常存在，讓人時時懷想。

# 卷四——流光夢影

元明清

昨天已經過去，明天還在未來，
只有此刻才是珍貴的。
就活在當下吧，正向思考不虛度，
這是我對自己的祝福。

# 隨風飛舞的葉子

你也喜歡梅花嗎？

有一次朋友來，跟我說了一個真實的故事。

她有一段時間，三年吧？她在某個女子收容所教書。的確，那是一個很不一樣的機構。很多都是未滿十八歲的少女從事援交，經查獲而被介送到此，既是保護，也是安置。有必要遠離原先的環境，以免繼續沉淪，終至斷送了自己一生的幸福。

立意原是好的，但是又能有多少績效呢？

她跟我說：「由於，還應該是在學的少女，所以收容所裡也設有學校，由不同科別的教師予以教導，空暇時，也讓她們習藝，例如編織等。設想不能說不好，然而，她們更大的問題，是來自家庭功能的崩解，價值觀、人生觀都已經偏離軌道，想要扭轉，讓她們重回常軌，又哪裡會是朝夕之功？於是，有期滿出去的，又很快的因繼續賣淫，被查獲而送回。要不，就是已經年滿十八歲，若違法，送的已是監獄了。」

聽來，多麼讓人擔心。

的確，沒有一技之長，任何人都很難立足。如果仍舊愛慕虛榮，加以心性不夠堅定，不肯吃苦耐勞，遇到有人加以鼓吹引誘，只怕遲早都會重操舊業，再度走上出賣靈肉之途。

所以，防範於未然更為重要。更好的是，有一個好的家庭，有負責任的父母，能在愛中長大，身心都得以健全發展。如此才是國家社會之福。站在第一線的家庭教育如能發揮功效，也少了學校教育的困難重重，以及未來所付出的龐大社會成本。

可是像這些未及十八歲的少女，曾經含苞的花朵，卻在現實風雨的摧折下，等不到熱烈綻放的時刻，就已提早凋零了。或許，她們更像一片片的葉子，隨風飛舞，急速墜落，終於和塵土混為一起。

想來，多麼讓人感到傷悲和不捨。

我曾經在書上讀過這樣的一句話：「相信自己的存在價值，每個人都可以創造出無限可能。」

可是，你必須先自重自愛，那些援交少女能否懂得呢？

想起元代的王冕所畫墨梅，名傳遐邇，其實他也能詩。

且讀他在〈題墨梅〉中的名句：

**不要人誇顏色好，只留清氣滿乾坤。**

並不冀望旁人誇讚顏色美好，只希望能夠留下充滿乾坤的清香之氣。

重內涵，不重外表，也很勵志。

梅花本是「歲寒三友」之一，越冷越開花，暗寓君子的氣節操守，不同於流俗。

而這些隨風飛舞的葉子，又哪裡知道梅花清香的高潔與可貴呢？

我仍然願意相信，教育是不可或缺的，能讓我們知書達禮，有為有守，堂堂正正；否則，人和禽獸的差別又在哪裡？教育，也讓貧困得以擺脫，從此人生翻轉，會有更好的發展、更美的遠景。可是，對這些一開始就走偏了路，人生已然遭到扭曲，隨風飛舞的葉子們來說，她們又該如何做，如何被對待，才得以翻轉呢？

但願可以，且寄以深深的祝福。

## 【原詩】

元．王冕〈題墨梅〉：

我家洗硯池頭樹，朵朵花開淡墨痕。
不要人誇顏色好，只留清氣滿乾坤。

在家洗墨硯，因吸收了洗硯池裡的水，讓池邊本應清雅嫣紅的梅花沾上淡淡的墨痕，毫不在乎庸俗人對梅花上的淡淡墨痕品頭論足，只求梅花仍能釋出清香味道，瀰漫於天地之間。

【詩家】

王冕（一二八七～一三五九）

字元章，號煮石山農、飯牛翁、會稽外史、梅花屋主等，諸暨（今浙江紹興）人。

王冕是元朝著名畫家、學者、詩人和篆刻家。他對寫意花鳥畫的發展作出了重大貢獻，又以畫梅花最為著名，傳世作品有《南枝春早圖》、《三君子圖》等。其詩作多描寫田園隱逸生活，部分作品也能反映民間疾苦，語言質樸，不拘常格，有些流露出對政治的不滿。著有《竹齋集》。

# 那年夏天

那年的夏天，天氣非常的炎熱，朋友們正約著要去看一個畫家，我便也跟著去了。

我穿著一套中國式的衣裳，淺藍色，裙襬還有手繪的大朵荷花。

畫家住家的附近，生活機能很好，樓下是一家骨董家具店，我們也進去逛了一圈，沒見有什麼特別的物件，倒是和老闆攀談了幾句。老闆提到有個小說家常來，因為她買菜時要經過這兒。老闆說：「我常說她，穿得太邋遢了啦。」那小說家頗有名氣，才情豐美，寫得好極了。我也愛讀她的書呢。老闆或許只覺得有趣，卻也不免讓人懷疑，他是「外貌協會」的。小說家可不是什麼演藝人員，她以作品，以心靈，和讀者相見，而不是容貌，好看或不好看，根本不是重點。何況，前往買菜，穿著自在就好，又不是要參加晚宴或走伸展臺！

老闆那麼口不擇言，顯然就立刻得罪了我這個「粉絲」了。如果他知道，一定會後悔不已。唉，畢竟他只是一個俗氣的生意人，哪知文學創作的珍貴？

我們上樓去跟畫家相會。畫家年輕時，曾經以「街頭畫家」來磨練自己的筆，不久就在畫壇上嶄露頭角，立即引起四方的矚目，佳評如潮，畫展的邀約更是不斷，國內外都有；甚至還有專屬的經紀人，幫忙打理各項事宜。想他日頭角崢嶸，已是指日可待的事了。

畫家謙和有禮，我們看他作畫，聽他聊天，研究他餐桌上那各個不同的碗盤，原來還是畫家親手燒製的，難怪別具個人風格。還有那張桌子，據說是別人棄置道旁，他如獲至寶，趕緊撿回來，的確「有型」，加以歲月滄桑，縱使有人願意擲以千金，恐怕也難以買到呢。

一個下午很快的就這樣過去了，當黃昏已臨，我們真該起身告辭了。沒有想到此刻雷聲隆隆，竟然下起了傾盆大雨，果然成了「留客天」。我們又在畫家家中叨擾了一頓麵食，也因此見到了畫家可愛的兒子和美麗的妻子，他們下班下課都回來了。

下了那一場大雨，原本蒸騰的暑氣因此澆熄了不少。

記起明．劉基在〈五月十九日大雨〉中的名句：

**雨過不知龍去處，一池草色萬蛙鳴。**

大雨過後，天晴了，卻不知下雨的龍去了何處，只見池塘邊草木青翠，聽得蛙聲一片。

可惜這裡是萬丈紅塵的臺北，哪裡有蛙鳴可聽？

只有往日鄉下的夏天，尤其是在夜晚時候，眾蛙爭鳴，此起彼落，一團熱鬧。然而，汙染的日漸嚴重，只怕連蛙的生存也受到威脅，甚至逐漸絕跡了。

很快的，夜已晚，我們才告別離去。

那一天，彼此談了好多關於創作的話語，我說文學他說繪畫，或許創作的歷程和遭遇的艱難都是相近的，於是也能相談甚歡……

許多年過去了，如今畫家飲譽畫壇，聲勢如日中天。最近，我還看過有關他的畫展訊息，真心為他感到高興。畫家已經不年輕了，而我也鬢髮微霜，我們在創作的路上依舊是努力的，不曾輕言放棄，或許，這一點更是彌足珍貴了。

祝福他，也祝福每一個願意為創作而堅持不懈的朋友，為理想而奔赴的日子多麼美麗而有意義。

**後記：**

在臉書上看到畫家于彭因肝癌於二〇一四年十月十三日辭世的消息，年僅五十九。真是天不假年，多麼令人痛惜。

我曾記下二十多年前的往事。如今，于彭竟在盛年辭世，這般令人意外，留給我們的是恆久的傷悲。

請于彭帶著所有的祝福，不再有病苦了，一路好走。

## 【原詩】

明．劉基〈五月十九日大雨〉：

風驅急雨灑高城，雲壓輕雷殷地聲。
雨過不知龍去處，一池草色萬蛙鳴。

風急雨驟的下在高城裡，相互擠壓的烏雲發出低沉的雷聲。一陣大雨過後，天晴了，卻不知下雨的龍何處去了，只見池塘邊草木青翠，聽得蛙聲一片。

【詩家】

## 劉基（一三一一～一三七五）

字伯溫，處州青田（今浙江省青田縣）人，故號稱劉青田。南宋抗金將領劉光世的後人。他因輔佐明太祖朱元璋完成帝業、開創明朝並保持國家安定而馳名天下。朱元璋稱劉基為：「吾之子房也。」授資善大夫、上護軍，封誠意伯，故又稱劉誠意。武宗正德時追贈太師，諡文成，後人稱他劉文成、文成公。

劉伯溫是元末明初軍事家、政治家及文學家，精通經史、天文、兵法，尤以詩文見長。詩文古樸雄放，不乏抨擊統治者腐朽、同情民間疾苦之作。著作均收入《誠意伯文集》。和宋濂、方孝儒合稱「明初散文三大家」，亦和宋濂、高啟合稱「明初詩文三大家」。

# 惜情

我在夜晚時，接到她打來的電話，相談頗歡。

她曾經是我的同事，我們對面而坐。那時候，她年輕而美，是學校裡的新進老師，也一樣教國文。可惜，她停留的時間不長，大約兩三年吧，她結婚後，便轉往臺北任教了。

她給我的印象非常好，善良、隨和、富有同情心。偶爾我們也說說話。基本上，我們都是話不多的人。有一年，我到臺師大研習，室友裡有她大學時的好朋友，她曾經前來探望，我們也因此會了一面。這時，她已經是兩個兒子的媽了，依然甜美高雅，讓人即之也溫。

幾年後，我也調往北部任教，然後，我們竟然失聯了。

她曾經費了不少力氣，曲折迂迴，輾轉打聽，終究又找到了我，那時候，我們也已先後離開了職場，相約見了面也吃了飯、說了話。彼此都很開心。

最近她比較忙，因為大媳婦即將生產，她要幫忙坐月子。在電話裡，她跟我說：「當年妳曾經送了我兒子一件小棉襖和一條手勾的小被被，我已經洗乾淨準備給小孫子用了。」我大為驚訝，幾乎不記得這件事。何況是多麼久遠以前，到現在，還存在嗎？

她說：「在啊，因為那份感情而被妥善珍藏。」

我很感動。小棉襖和小被被，的確是我親手所做，然而，都是消耗品，用壞了、丟了，也都是再自然不過的事。而她居然保留下來，歷數十寒暑仍在，多麼讓人驚奇。

如果一個人能如此惜物，那麼必然也是一個惜情的人。

從這樣的小事，就可以察覺她待人接物的周延，其間還有對人與物的一份珍惜。

還記得，當年我們一起共事時，她曾因隔壁班的學生，家庭遭到變故而生計無著，慷慨解囊，用的還是「無名氏」的名義，如此慈心悲憫，為善不欲人知，也可見她的蘭心蕙質了。

她像一朵美麗幽香的花，有如明．方孝孺在〈畫梅〉中的名句：

**清香傳得天心在，未許尋常草木知。**

清香傳來，讓人的心回復到原有的本真，她的高潔出塵畢竟不是其他一般草木所能理解的。

的確是稱讚了梅花的高潔不俗……

很高興，我認識她，認識一個這麼美好的人，往後，不論我在人生的旅程上曾經遭逢過怎樣的挫敗，或許也曾一時沮喪過，然而，因著她，我對人性的美善也從來不絕望。

【原詩】

明．方孝孺〈畫梅〉：

微雪初消月半池，籬邊遙見兩三枝。
清香傳得天心在，未許尋常草木知。

微微的積雪開始融化，月影倒映在池塘，竟占了一半的水面，遠遠的可以看到籬邊伸出了梅花兩三枝。清香傳來，讓人的心回復到原有的本真，她的高潔出塵畢竟不是其他一般草木所能理解的。

【詩家】

## 方孝孺（一三五七～一四〇二）

字希直，又字希古，南明弘光帝追諡文正，浙江寧海縣（今浙江寧波市）人。書齋名為遜志齋，蜀獻王朱椿改之為正學，故世稱正學先生。明朝建文年間重臣，著名文學家、思想家，和宋濂、劉基合稱「明初散文三大家」。後因參與組織削藩，靖難之變後拒絕與燕王朱棣合作，被朱棣誅十族。南明福王時追諡文正。

方孝孺的政論文、史論、散文、詩歌俱佳，絕大部分收集在《遜志齋集》中。《明史》說：「方孝孺，工文章，醇深雄邁。每一篇出，海內爭相傳誦。」《四庫全書總目》評其文章「縱橫豪放，頗出入東坡、龍川之間」。

著作甚豐，內容醇深雄邁，撰有《周禮考次》、《大易枝辭》、《武王戒書註》、《宋史要言》、《帝王基命錄》、《文統》等。永樂年間，朱棣查禁他的所有著作，並令藏匿方孝孺文集者死罪。其門人王稌潛錄為《侯城集》，為現在傳世之作。

# 送給自己的禮物

我們常有機會送禮物給親朋好友們，你是否曾經買禮物送給自己呢？那又會是怎樣的禮物？

我送給自己的第一份禮物是一整套《資治通鑑》。

送書給自己，的確很符合喜歡閱讀的我。

一九八二年元旦，我的第一本散文書《生命之愛》出版了。即使在多年以後的今天，我依然清楚的記得出第一本書的快樂，那掩抑不住的歡喜如在眼前，我的好友、同學們都收到了我的簽名贈書。事後我才知道，那本書彷彿是一顆震撼彈，在友輩之間激起了許多的漣漪。

我的大學同學跟我說：「那不只是妳的書，也是我們的書。」

一時之間，恭賀的電話和信件不斷。或許，因為那是友輩間出版的第一本書。歡欣鼓舞，不足以形容大家的驚喜交集。

我那在大學教書的同學也打電話來道賀，我們談了一會兒，他因此替我擬了一份閱讀書單，客氣的說，只是供我參考。

書單裡有十本書，我因此選了《資治通鑑》，暗紅色封面的精裝書，有十冊之多，真是巨著啊。

讀了嗎？讀了。讀一遍，花了我五年的光陰。那之後，文章突飛猛進了嗎？卻也沒有。不過，胸襟和見識因此有了長進，的確惠我良多。

這是一套我很喜歡的書。

閱讀，一直是我生活中的賞心樂事。

因此，我也特別鍾愛明．于謙在〈觀書〉一詩中的那兩句：

**書卷多情似故人，晨昏憂樂每相親。**

在我，書真像是老朋友一般的情深啊，早晚憂樂之間都有它相伴相親。讀書、寫書，都是我喜歡的，能如此，多麼幸福。我真心感激上天的成全。此後，我仍持續的寫作，不曾懈怠，累積出版的書已經逐漸增加，有些書甚至上了暢銷榜，還出了簡體版，有著還算不錯的成績。而這一切，都是從第一本的《生命之愛》開始，我感謝生命中曾有那樣的順遂和幸運。

如今，《資治通鑑》仍在我的書櫥裡，那是一個溫暖的記憶，有著友輩們的支持和鼓勵，於是，當我走在寫作的漫漫長途裡，縱使不斷有風沙迎面撲來，也就不再覺得那是艱難的跋涉了。

《資治通鑑》是我送給自己的第一份禮物，很有意義，也有著紀念的價值，令我心懷感恩，不敢或忘。

【原詩】

明．于謙〈觀書〉：

書卷多情似故人，晨昏憂樂每相親。眼前直下三千字，胸次全無一點塵。

活水源頭隨處滿，東風花柳逐時新。金鞍玉勒尋芳客，未信我廬別有春。

在我，書真像是老朋友一般的情深啊，早晚憂樂之間都有他相伴相親。一眼就可掃過三千字，一旦浸淫在書頁之中，內心全無絲毫世俗的雜念。常讀書，就像池塘不斷有活水注入永遠如新；更像東風催得百花綻放、綠意染滿柳枝般的一片生機煥發。那些尋花問柳、玩物喪志的貴公子們，哪裡懂得我的書房四季如春、芬芳洋溢呢？

【詩家】

于謙（一三九八～一四五七）

字廷益，號節庵，官至總管軍務的少保，世稱于少保。

進士出身，受明宣宗、英宗賞識。個性剛強，為官廉潔正直、盡忠職守。在英宗被瓦剌俘虜的土木堡之變後，力排南遷之議，請郕王即位為明景泰帝，並指揮北京保衛戰取得勝利，為一大功績。但在英宗復辟後，被誣陷謀逆罪而入獄冤死。

于謙與岳飛、張煌言，合稱「西湖三傑」。

# 歲月隨人好

人間愉快，為什麼有太多的人不是這樣呢？

非常優秀的她，總覺得女兒遠不如她。

我常聽見，她在我的面前對女兒多有抱怨，這不好，那不行，沒有一樣讓她滿意的。

比起女強人的她，女兒的確樣樣不如，可是，畢竟女兒的年紀還小啊。我相信，耳濡目染，假以時日，說不定大放異彩。

然而，她可不作這樣想，追根究柢總要說：「就跟她爸一個樣。」

夫妻早因個性不合分手了。當然，離婚的原因複雜，那男人軟弱，不負責任。可是，我這朋友也咄咄逼人，太過強勢了。少了轉圜的餘地，這婚姻，雙方終究走不下去，徒留憾恨。

每回她抱怨的時候，我就勸她：「不要那麼悲觀，女兒既是妳生的，一樣會有妳的遺傳；何況，我們要相信教育的功效，教育，可以讓一個人變得更好。只是，須要多一點的時間和耐心……」

然而，她依然是抱怨的。抱怨這，抱怨那，無有止時。

有一次，我開玩笑的跟她說：「心想事成。妳老是這麼負面的想，難道妳希望噩夢成真嗎？」

她終究無言。

孩子是可以教的，如果教不會，只要他盡力就好。一枝草，一點露。就朝他有興趣的方向鼓勵吧，長大以後能有一技之長，安守本分，也是好的。不是人人都能飛黃騰達，那需要有本事，但也關乎際遇。

如果抱怨無濟於事，那麼，請考慮停止吧。

人到中年，對生命的領會也該有所不同。處處抱怨，如何快樂得起來？而一個不快樂的人，只怕覺得時有扞格，抑鬱多，更難展顏歡笑了。

我曾讀過明．孟淑卿在〈秋日書懷〉中的名句：

**天邊莫看如鉤月，鉤起新愁與舊愁。**

別去看天邊那如鉤的月亮，它會鉤起了人們心中多少的新愁與舊愁。秋日蕭索，最易惹起愁懷，而走到了人生的秋日，唯有學會放下，才真正知道自己需要的是什麼。唯有寬容看待，才能擁有比較圓融的人生。「心寬一分，雲消霧散；讓人一步，晴空萬里。」能如此，我們才善待了別人和自己。

原來，人的快樂與否，也都存乎一心。

【原詩】

明．孟淑卿〈秋日書懷〉：

蟬咽庭槐泣素秋，幾行新雁度南樓。

天邊莫看如鉤月，鉤起新愁與舊愁。

庭院中的老槐樹上，蟬聲悲咽，這時正是深秋季節，但見幾行雁兒低低飛過了南樓。別去看天邊那如鉤的月亮，它會鉤起了我心中多少的新愁與舊愁。

【詩家】

孟淑卿

生卒年不詳，約明憲宗成化年間在世。明代蘇州人。個性開朗，辯才無礙，善於詩詞。可惜婚姻不諧，自號「荊山居士」，是優秀的女詩人。

# 帶著快樂來

讀詩讀到明．陸娟〈代父送人之新安〉中的名句：

**萬點落花舟一葉，載將春色過江南。**

落花點點飄落在江中、船上，船兒要將春色帶過江南。

想想碧綠的楊柳在微風中搖曳，花瓣頻灑在清澄的水面、落在行人的身旁和船上，是怎樣的繽紛美麗！難道這美好的春光，也要裝進船裡，帶過江南嗎？

如此美麗如畫的景色，多麼引人遐思。

那麼，能不能也隨船為我們帶來快樂呢？

你快樂嗎？在生活裡。

快樂未必來自榮華富貴。我以為，真正的快樂來自付出和分享。願意付出，真誠的為他人服務，在這些行為的背後，其實是分享的大器和由衷感恩的心。我很少看到一個只關心自己，凡事以個人利益為出發點的人，能享有真正的快樂。如此狹隘的心胸，老是錙銖必較，深恐別人會占了自己的便宜，又哪裡快樂得起來呢？而一個不懂得感恩的人，恐怕於德行有虧，忘恩之人，必定負義，是不值得往來的。

我有兩個朋友，曾經不約而同的，都在我的面前批評對方的不是，多有鄙夷之語；然而，在我的眼中，他們都一樣的自私，只為個人打算，於是誰也容不下誰，相互攻訐，也就不奇怪了。細想來，他們離快樂都很遠。即使舉手之勞幫了別人，都心心念念希望對方有所回饋，若不如所願，便怨聲載道。我真想告訴他們「為善最樂」，可是他們一定會覺得逆耳，因為從來沒有付出和分享的習慣，說不定竟會以為，替別人服務的，都是傻瓜。

「道不同，不相為謀」，我也只好沉默以對。

由於彼此還是朋友，我認為知道就好。只是這樣的人無法走入我的心中，泛泛之交罷了。

每個人的認知不同，喜好也就常會大異其趣了。

世上有誰會不喜歡錢呢？有錢固然好，然而金錢無法買到快樂。相形之下，多做有意義的事，更讓人滿心歡喜。我常想：有一個理想可供追尋，是快樂的。它讓生活有目標，就不會徬徨無依，確定自己的方向是對的，所有的努力能讓生命更有意義，有益於社會人群，那是一種心靈的富足，我也以為，那樣的快樂更為深刻恆久。

不要恐懼失敗，也不必為了一時的失意和挫折而罣礙，人生原本就是一場學習之旅，拂逆會帶來更多的省思，也是很好的學習，讓我們距離成功更接近。有學習，有進步，不也是一件美事嗎？

我是一個喜歡工作的人，即使工作會帶來勞累，卻也帶來了充實和快樂，那就是很好的回報。

真正的快樂來自心中的愛，愛，讓我們的胸懷寬闊，多有包容。愛，也讓我們歡喜走進人群，願意付出關懷、諒解和同情。

我但願自己是一個有愛心也懂得分享的人，我相信：快樂，從來就是愛的附加價值。

也願你擁有真正的快樂。

【原詩】

明．陸娟〈代父送人之新安〉：

津亭楊柳壁毵毵，人立東風酒半酣。

萬點落花舟一葉，載將春色過江南。

渡口小亭外，只見翠柳依依，在春風的吹拂中，人已微帶著醉意。落花點點飄落在江中、船上，船兒要將春色帶過江南。

【詩家】

陸娟

生卒年不詳，大約生活在明弘治時期。明代雲間（今江蘇淞江）人。

# 靜心的智慧

就在靜心的時刻，智慧因此而生。

當我們的心靜下來，我們才真正看到了整個世界的美好。

煩亂時，我們的心思蕪雜，看不到該看的，也聽不到該聽的，我們只覺得厭倦、煩膩，甚至連自己都不愛。

怎麼會這樣呢？那是因為我們的心不能保有寧靜。

那麼，先讓我們的心靜下來吧，即使只是喝一杯自己喜歡的飲料，茶或者咖啡，聽一張自己喜愛的ＣＤ，或者到樹林裡散步一會兒，目的就是讓自己的心先沉澱，除去紛雜，安靜下來。

昨天已經過去，明天還在未來，只有此刻才是珍貴的。

就活在當下吧，正向思考不虛度，這是我對自己的祝福。

我以為，只有讓我們的心安靜下來，我們才更能知所先後、明辨是非，對事情的判斷和處理才不至於失誤，智慧，也就在其中了。

我很少看到一個壞脾氣的人會有大智慧。動不動就對人咆哮、發火，如果連自己的脾氣都不能掌握，壞了人際關係，人人對他敬而遠之，還談什麼共處、共事、共創佳績呢？

所以，靜下心來，是有必要的。

有一天，我讀到明．焦竑〈夜坐〉的詩句，很有幾分禪意：

**愁心淹獨坐，桂子落空山。**

心中有憂愁，在長夜的獨坐裡，彷彿聽到桂花飄落山中。

憂愁得以化解，相信是經由長夜的獨坐，靜下心來的結果，疑惑既已頓解也難怪聽得到桂花飄落山中了。

我的天性安靜，很少攪亂一池心湖，無論閱讀、寫字，彷彿隨時都可以開始和結束，我的專注力也比較高，也許，這是上天特別給的禮物。

也許，有些人不能這樣，要學「打坐」，才能靜下心來，那麼就學吧。當我們的心能安靜，不因外界的干擾而紛亂，我們的確可以做許多事，有益自己，有助他人，的確不宜畫地自限。

年輕的時候，我曾讀過一篇寧靜禱文：「親愛的上帝，請賜給我平靜接受不可改變的事，賜給我勇氣去改變應該改變的事，並賜給我足夠的智慧去分辨什麼是可以改變的，什麼是不可以改變的。」寧靜禱文原是由神學家尼布爾的無名禱文而來。

這段文字對我是深具影響的。

智慧有多麼珍貴，它必然來自寧靜的心。

從此，我更願意把心力用在有意義的事物上。

長保寧靜的心，願人人都有智慧，此後，無論言談舉止，休閒工作，人生比較順遂，快樂也就增多了。

【原詩】

明．焦竑的五絕〈夜坐〉：

客喧隨夜寂，無人覺往還。

愁心淹獨坐，桂子落空山。

客人喧譁隨著夜深而沉寂，已經聽不到來往人聲了。心中有憂愁，在長夜的獨坐裡，彷彿聽到桂花飄落山中。

【詩家】

焦竑（一五四〇～一六二〇）

明代南京人，著名學者。字弱侯，號澹園，又號漪園，世稱澹園或漪園先生、焦太史。自幼刻苦向學，博極群書。神宗萬曆十七（一五八九）年會試北京，得中一甲第一名進士（狀元），授翰林院修撰。

著作甚豐，有《澹園集》、《焦氏筆乘》、《焦氏類林》、《國朝獻徵錄》、《老子翼》、《莊子翼》等。

# 記得

一直是記得妳的。

十四歲時的妳，像個「陽光女孩」，有著開朗的笑容。妳的個性好，這是最令我欣賞的部分。那時在放學以後，妳常和惠娟一起來找我說話。惠娟才華洋溢，可惜個性上比較倔強，我常想，如果她也能像妳一樣寬闊就好了。

其實，人的可貴，也就在他的不同。此後，人生的功課也因此大異其趣。

妳讀了師專，當了小學老師。我們的聯繫並不多。

後來，我的書《Bravo！青春》要出版時，由於寫的是校園故事，出版社的主編希望能找幾個學生來寫一點文字。妳是這麼寫的：

「那年十四歲，在國中的教室。老師帶著我們爬上巨人的肩膀，呼吸、眺望和夢想。

那是歷史課，講的是文藝復興。在老師滔滔的說書聲中，《唐吉訶德》、《神曲》、荷馬史詩、莎士比亞的劇中人物，一一現身課堂……這在封閉的鄉下學生的心中，激起多麼強大的海浪啊！就這樣，文字的養分餵養著我的靈魂，文學的種子播在十四歲少女的心。我就是這樣愛上了書。從此，我的生命轉了彎，因為閱讀因為文學，所以豐富所以獨特。

如今，我站在講臺滔滔不絕的說書、朗誦詩歌，我拉著孩子也要爬到巨人的肩膀上，呼吸、眺望和夢想。望著他們閃亮的眼睛，一如從前的我，我知道十歲小孩的心中已經播下閱讀的種子。」

妳的文字讓我深受感動，我相信自己並沒有那麼好，是由於時空的遙隔，想像的催化，讓一切都變得不同凡響。

但是，也謝謝妳記得我。

多年以後的重逢，妳說了一個朋友的愛情故事給我們聽。

愛情故事，可真是個敏感的話題，妳當年的同學們不斷的起鬨，追問，妳是怎麼進入婚姻的？

「他老是對著我唱情歌。」聽起來，的確十分浪漫。

然而，婚前的浪漫有限，對許多人來說，婚姻是道場。

丈夫是個好人，可是他有「老二情結」未解，從小乖，卻也扛下了許多負荷，做的多，被視為理所當然，不曾得到一語的稱揚。可是，上天還是公平的，他傳承了父親的一身好本事，娶妻賢德，細想來，這是多少人羨慕而不可得的。

婆婆的廚藝好，在她的調教之下，妳甚至有能力「辦桌」，聽得我們瞠目結舌，那真是了不起。

如今婆婆的年歲已大，健康不如從前，也是可以想見的，在妳力有不逮的時刻，妯娌們也願意排班輪流照料，也算是好的。

只是，我總覺得，妳沒有說出來的更多。人生實難，對每個人來說都是如此。

請記得，也要愛自己。

當歲月如飛的逝去，一轉眼，當年課堂上的小女生早已長大，我竟也向著人生的黃昏快速靠攏。屬於我的晚霞儘管瑰麗，只怕黑夜即將襲掩而至了。

想起清・王九齡的〈題旅店〉有這樣的名句：

**世間何物催人老？半是雞聲半馬蹄。**

世間是什麼催促著人們老去呢？一半是雞聲，一半是馬蹄。雞聲催人早起，馬兒載著人們四處奔波。於是，我們披星戴月，勞碌不休。日日為生活而奔忙，大好的歲月就這樣在雞聲和馬蹄之間飛快的逝去了。我們竟然是這樣老去的。

美好的年華就在四處奔忙裡日漸零落，甚至消失了，人人都很難倖免，能不感慨嗎？

這在我們，也是一個很好的警惕。

希望擁抱一個比較少有憾恨的人生，或許一直是我們所努力追求的吧。

願妳過得好，快樂多一點，平靜多一點。

想起妳年少時開朗的笑容，仍在我的心中不時浮現，那竟然成了此刻我對妳最深的祝福。

【原詩】

清・王九齡〈題旅店〉：

曉覺茅簷片月低，依稀鄉國夢中迷。
世間何物催人老？半是雞聲半馬蹄。

清晨在茅屋中醒來，天還沒亮，殘月正掛在屋簷下，依稀記得夢中見到的家鄉。世間是什麼催促著人們老去呢？一半是雞聲，一半是馬蹄。

【詩家】

王九齡（一六六二～一七〇九）

清代詩人。字子武。江南華亭人。王頊齡、王鴻緒之弟。康熙二十一年進士，授編修，官至都察院左都御史。

恬靜有雅量，能詩善文，《四庫全書總目》稱「其詩欲揭何、李之流波，而才思富豔，加以纖穠。」著有《艾納山房集》、《懶雲書屋詩稿》。

卷四——

# 琹心涵語

◎如果沒有暗夜的黑，將顯不出曙光的亮眼。如果沒有哀傷的痛，就顯不出歡喜的可貴。

人生也是這樣吧？如果沒有經由低谷的絕望，也顯不出巔峰的值得仰望。是有了寒冬的冷冽，才令人感到春暖花開的迷人。

◎有夢有歌的生活，最是引人遐思，縱使，夢會遺落，歌聲會遠颺；然而，曾經就是記憶裡的永恒。

◎秋日蕭索，最易惹起愁懷，而走到了人生的秋日，唯有學會放下，才真正知道自己需要的是什麼。唯有寬容看待，才能擁有比較圓融的人生。

◎「心寬一分，雲消霧散；讓人一步，晴空萬里。」能如此，我們才善待了別人和自己。

◎快樂未必來自榮華富貴。我以為，真正的快樂來自付出和分享。

◎不要恐懼失敗，也不必為了一時的失意和挫折而罣礙，人生原本就是一場學習之旅，拂逆會帶來更多的省思，也是很好的學習，讓我們距離成功更接近。

◎就在靜心的時刻，智慧因此而生。當我們的心靜下來，我們才真正看到了整個世界的美好。

◎昨天已經過去，明天還在未來，只有此刻才是珍貴的。就活在當下吧，正向思考不虛度，這是我對自己的祝福。

◎雞聲催人早起，馬兒載著人們四處奔波。於是，我們披星戴月，勞碌不休。日日為生活而奔忙，大好的歲月就這樣在雞聲和馬蹄之間飛快的逝去了。我們竟然是這樣老去的。

九　歌　文　庫　　1　3　0　0

# 最愛是詩

## 五十則擁抱生命的詩句，喚回人生的美好記憶

國家圖書館出版品預行編目 (CIP) 資料

最愛是詩 : 五十則擁抱生命的詩句 , 喚回人生的美好記憶 / 棨涵 著 .
-- 初版 . -- 臺北市 : 九歌 , 2019.01
面 ;　公分 . -- ( 九歌文庫 ; 1300)
ISBN　978-986-450-226-4 ( 平裝 )
855　　107021455

作　　者——棨涵
責任編輯——張晶惠
創 辦 人——蔡文甫
發 行 人——蔡澤玉
出　　版——九歌出版社有限公司
台北市 105 八德路 3 段 12 巷 57 弄 40 號
電話／02-25776564・傳真／02-25789205
郵政劃撥／0112295-1

九歌文學網　www.chiuko.com.tw

印　　刷——晨捷印製股份有限公司
法律顧問——龍躍天律師 ・ 蕭雄淋律師 ・ 董安丹律師
初　　版——2019 年 1 月
定　　價——320 元
書　　號——F1300
I S B N——978-986-450-226-4